Rudyard Kipling

Das Dschungelbuch

fabula Verlag Hamburg

Kipling, Rudyard: Das Dschungelbuch. Neuauflage. 2016
ISBN: 978-3-95855-407-8

Umschlaggestaltung: fabula Verlag Hamburg

Bibliografische Information der Deutschen Nationalbibliothek: Die Deutsche Nationalbibliothek verzeichnet diese Publikation in der Deutschen Nationalbibliografie; detaillierte bibliografische Daten sind im Internet über https://dnb.de abrufbar.

Der fabula Verlag Hamburg ist ein Imprint der Bedey & Thoms Media GmbH, Hermannstal 119k, 22119 Hamburg

---

fabula Verlag Hamburg, 2016
https://fabula-verlag-hamburg.de/
Gedruckt in Deutschland

Rudyard Kipling

Das Dschungelbuch

fabula

Inhalt

Moglis Brüder

Nun bringt der Weih die dunkle Nacht,
Und »Mang«, die Fledermaus, erwacht.
Der Stall birgt alles Herdentier,
Denn bis zum Morgen herrschen wir!
Die Stunde stolzer Kraft hebt an
Für Prankenhieb und scharfen Zahn.
Jagdheil! und kühn gehetzt, gerafft:
Das Dschungelrecht ist jetzt in Kraft.

Nachtgesang im Dschungel

Gegen sieben Uhr an einem recht schwülen Sommerabend in den Sionibergen erwachte Vater Wolf, gähnte, reckte sich und streckte die Läufe, einen nach dem anderen, um das Schlafgefühl in den Pfoten loszuwerden. Neben ihm lag Mutter Wolf, die lange graue Nase quer über den vier winselnden und quarrenden Jungen, und von draußen her schien der Mond in die Höhle, in der sie alle hausten.

»A-ruff«, knurrte Vater Wolf, »schon wieder Zeit, auf Jagd zu gehen.«

Gerade wollte er den Hang hinabsetzen, als am Eingang der Höhle ein kleiner Schatten mit buschiger Rute erschien und winselte: »Glück sei mit dir, Häuptling der Wölfe! Und viel Glück deinen edlen Kindern, weiße, scharfe Zähne sollen ihnen wachsen. Mögen sie nie die Hungernden und Darbenden vergessen in dieser Welt!«

Der Schakal war es – Tabaqui, der Schüssellecker. Die Wölfe in Indien verachten ihn, weil er Unheil stiftend umherschweift und böse Geschichten erzählt. Ja, er verschlingt sogar alte Lumpen und Lederstücke von den Abfallhaufen der Dörfer. Aber sie fürchten ihn auch, denn Tabaqui wird leicht von Tollwut befallen, viel leichter als irgendein anderes Tier im Dschungel. Dann vergißt er, daß er je Angst gehabt hat, rennt blindwütend durch die Wälder und beißt und würgt alles, was ihm in den Weg kommt. Dann flüchtet selbst der Tiger vor dem kleinen Tabaqui und verbirgt sich im Dickicht; denn von der Tollwut befallen zu werden, ist die größte Schande für die Tiere der Wildnis. Wir Menschen nennen es Hydrophobie, aber die Bewohner des Dschungels sagen einfach Dewanii – Wahnsinn – und flüchten davon.

»Tritt ein und schau«, sagte Vater Wolf. »Fraß findest du hier nicht.«

»Für einen Wolf wohl kaum«, antwortete Tabaqui. »Aber für ein so niedriges Geschöpf wie mich ist ein trockener Knochen ein Festschmaus. Wer sind wir denn, wir Gidurlog, wir armes Schakalvolk, daß wir wählerisch sein könnten?« Er trat nach dem Hintergrund der Höhle und fand dort den Knochen eines gerissenen Bocks mit noch etwas Fleisch daran; bald saß er und knackte vergnügt an dem Knochen.

»Tiefen Dank für das prächtige Mahl«, sagte er, sich die Lippen leckend. »Ah, wie schön sind die edlen Kinder! Wie groß und klar sind ihre Augen. Und so jung sind sie noch, die lieben Kleinen! Freilich – freilich, es ist ja allbekannt, daß Kinder von Königen schon Männer sind von Geburt an.«

Nun wußte Tabaqui ebensogut wie jeder andere, daß man nichts Unschicklicheres tun kann, als Kinder ins Gesicht hinein zu loben – denn das ist von schlimmer Vorbedeutung. Und es freute ihn, als Vater und Mutter Wolf betreten schwiegen.

Noch eine Weile saß Tabaqui und weidete sich an dem Unheil, das er angerichtet hatte. Dann sagte er boshaft: »Shir Khan, der Gewaltige, hat seine Jagdgründe verlegt. Hier in diesen Hügeln wird er jagen im nächsten Mond – so sagte er mir selbst.«

Shir Khan war der Tiger, der an den Ufern des Waingungaflusses lebte – ungefähr zwanzig Meilen entfernt.

»Dazu hat er kein Recht!«, brauste Vater Wolf auf. »Nach dem Gesetz des Dschungels darf er seine Jagdgründe nicht wechseln ohne vorherige Ankündigung. Alles Wild wird er uns vergrämen auf zehn Meilen im Umkreis, und ich – ich muß jetzt jagen für zwei.«

»Seine Mutter nannte ihn nicht ohne Grund Langri, den Lahmen«, warf Mutter Wolf ein. »Lahm auf einem Fuß ist er von Geburt an. Darum auch reißt er nur Rindvieh. Nun sind die Dörfler am Waingunga zornig über ihn, und jetzt kommt er hierher und wird unsere Dörfler aufbringen. Um seinetwillen werden sie den Dschungel ausräuchern, wenn er schon wieder weit fort ist; wir aber und unsere Jungen müssen dann flüchten, wenn das Gras in Brand gesteckt ist. Wahrlich, sehr dankbar sind wir ihm, dem großen Shir Khan!«

»Soll ich ihm vielleicht euren Dank überbringen?«, fragte Tabaqui.

»Pack dich!«, jappte Vater Wolf. »Geh zu deinem Herrn und Meister! Unheil genug hast du gestiftet in einer Nacht!«

»Ich gehe!«, sagte Tabaqui gelassen. »Da könnt ihr ihn schon hören, den Shir Khan, drunten im Dickicht. Die Botschaft konnte ich mir sparen.«

Lauschend spitzte Vater Wolf die Ohren. Dann vernahm er unten im Tal, das sich zu einem kleinen Bach hinabsenkt, das ärgerliche, schnarrende, näselnde Gewinsel eines Tigers, der nichts geschlagen hatte und den es nicht kümmert, daß alles Dschungelvolk sein Mißgeschick erfährt.

»Der Narr, der!«, knurrte Vater Wolf. »Die Nachtarbeit mit solchem Lärm zu beginnen! Glaubt er etwa, daß unsere Böcke ebenso dumm sind wie seine fetten Ochsen am Waingungafluß?«

»Still!«, sagte Mutter Wolf. »Still, Alter. Hörst du denn nicht? Weder Ochse noch Bock hetzt er heute… den Menschen jagt er!«

Das Gewinsel des Tigers ging nun über in ein langgezogenes, summendes Schnurren – so laut und doch so unbestimmt, daß es schien, als käme es aus allen Himmelsrichtungen zugleich. Das war das Summen, das den Holzfällern und Zigeunern, die in den Lichtungen rasten, das Blut erstarren macht – kopflos fliehen sie dann, stürzen wie von Sinnen davon, oft gerade hinein in den flammenden Rachen des Tigers.

»Menschen!«, wiederholte Vater Wolf und fletschte seine weißen Zähne. »Puh! Gibt es denn nicht genug Gewürm und Frösche in den Sümpfen, daß er Menschen fressen muß… und noch dazu in unserem Gebiete?«

Das Gesetz des Dschungels, das nichts ohne guten Grund vorschreibt, verbietet den Tieren, Menschen anzugreifen, mit der einzigen Ausnahme, wenn ein Tier seine Jungen das Jagen und Töten lehrt. Das aber darf nur abseits geschehen, niemals in den Jagdgründen des eigenen Rudels oder Stammes. Der wahre Grund dafür ist, daß früher oder später, wenn ein Mensch getötet ist, die Bleichgesichter anrücken auf Elefanten, mit Büchsen bewaffnet, begleitet von Hunderten von braunen Dienern, mit Gongs, Raketen und Fackeln. Dann haben alle im Dschungel zu leiden. Die Tiere aber geben als Grund an, daß der Mensch das schwächlichste und wehrloseste aller Geschöpfe ist, daher sei es unsportlich, ihn anzugreifen. Sie sagen ferner – und das ist die Wahrheit –, vom Menschenfleisch würden sie räudig und verlören die Zähne.

Lauter wurde das Schnurren und endete plötzlich in einem scharfen, tiefkehligen »Aaaoh!« beim Aufsprung des Tigers.

Dann ertönte Geheul – untigerisches Geheul und Gemaunz von Shir Khan. »Er hat gefehlt«, sagte Mutter Wolf. »Was war es?«

Vater Wolf trabte ein paar Schritte vor die Höhle und vernahm das wütende Geheul Shir Khans, der in den Büschen im Talgrund herumfegte.

»So ein Dummkopf«, brummte Vater Wolf. »In das Feuer eines Holzfällers ist er gesprungen und hat sich dabei die Pfoten verbrannt! Tabaqui ist bei ihm.«

»Etwas kommt den Hügel herauf«, flüsterte Mutter Wolf und stellte einen Lauscher hoch. »Aufgepaßt!«

In dem Gebüsch raschelte es leise, und Vater Wolf duckte sich, zum Sprunge bereit. Dann aber geschah etwas höchst Seltsames. Der Wolf war gesprungen, bevor er noch das Ziel erkannt hatte, und suchte sich nun plötzlich mitten im Satze aufzuhalten. Die Folge war, daß er vier oder fünf Fuß kerzengerade in die Luft schoß und fast auf derselben Stelle landete, von der er abgesprungen war.

»Ein Mensch!«, stieß er hervor. »Ein Menschenjunges! Sieh nur!«

Gerade vor ihm, an einen niedrigen Zweig geklammert, stand ein nackter, brauner Junge, der eben erst laufen gelernt hatte – ein ganz zartes, kleines, krauslockiges Wesen, das da in der Nacht zu einer Wolfshöhle gekommen war. Es sah dem Wolf ins Gesicht und lachte.

»Was?«, fragte Mutter Wolf. »Ist das ein Menschenjunges? Ich habe noch nie eins gesehen. Bring es her!«

Wölfe, die ihre eigenen Jungen über Stock und Stein tragen, können, wenn nötig, ein Ei zwischen die Zähne nehmen, ohne es zu zerbrechen. Obgleich sich Vater Wolfs Rachen über dem Kinde schloß, so hatten seine spitzen Zähne doch nicht einmal die weiche Haut des strampelnden Kleinen geritzt, als er ihn zu seinen eigenen Jungen legte.

»Wie winzig! Wie nackt und – wie tapfer!«, sagte Mutter Wolf sanft. Der Kleine drängte die Wolfsjungen beiseite, um dicht an das warme Fell der Mutter zu gelangen. »Ahai, er sucht seine Nahrung ganz wie die anderen. Das also ist ein

Menschenjunges? Sag, hat sich je eine Wölfin rühmen können, ein Menschenjunges unter ihren Kindern zu haben?«

»Hier und dort hörte ich davon, doch niemals in unserem Rudel oder zu meiner Zeit«, antwortete Vater Wolf. »Wahrhaftig, ganz ohne Haar ist der Körper. Mit einem Prankenschlag könnte ich es zerquetschen. Aber sieh doch, wie es aufschaut zu uns, und nicht ein bißchen Angst hat es.«

Da plötzlich wurde es dunkel in der Höhle. Dem Mondlichte wurde der Eintritt versperrt, denn Shir Khans mächtiger, eckiger Kopf und breite Schulter schoben sich in den Eingang. Tabaqui rief hinter ihm her mit schriller Stimme:

»Hier, mein Gebieter – hier ist es hineingegangen.«

»Shir Khan erweist uns große Ehre!«, sagte Vater Wolf, doch Zorn glomm in seinen Augen. »Was wünscht Shir Khan?«

»Meine Beute! Ein Menschenjunges ist hier hereingeflüchtet! Seine Eltern sind davongelaufen. Gib es heraus! Es gehört mir!«

Wie Vater Wolf gesagt hatte, war Shir Khan in das Feuer eines Holzfällers gesprungen, und der Schmerz in den verbrannten Pfoten machte ihn rasend. Aber Vater Wolf wußte, daß die Öffnung der Höhle zu klein sei, um dem Tiger Eingang zu gestatten. Schon in seiner jetzigen Stellung waren Shir Khans Schultern und Vordertatzen eingezwängt, und er glich einer wütenden Katze, die vergebens versucht, in ein Mauseloch zu dringen.

»Wir Wölfe sind ein freies Volk«, sagte der Wolf. »Unsere Befehle nehmen wir nur von dem Führer des Rudels, aber nicht von irgendeinem gestreiften Viehmörder. Das Menschenjunge gehört uns. Wir können es töten oder am Leben lassen, ganz nach unserem Belieben!«

»Belieben oder Nichtbelieben! Was schwatzt du für dummes Zeug? Bei dem Ochsen, den ich soeben schlug, soll ich hier stehen und mir die Nase wundstoßen am Eingang eurer

Hundebehausung, um das zu verlangen, was mir gebührt? Shir Khan ist es, der mit dir spricht!«

Des Tigers Gebrüll erfüllte die Höhle mit rollendem Donner. Mutter Wolf schüttelte ihre Jungen von sich ab; sie sprang vor, und ihre Augen starrten wie zwei grüne Mondsicheln in der Dunkelheit auf die beiden lohenden Lichter im gewaltigen Kopfe Shir Khans.

»Und ich, Raschka, der Dämon, bin's, der jetzt spricht und dir antwortet. Das Menschenjunge gehört mir, du lahmer Langri – und mein wird es bleiben. Es soll nicht getötet werden! Es soll leben, um mit dem Pack zu rennen und zu jagen, und zuletzt – sieh dich vor, du großer Jäger kleiner, nackter Jungen, du alter Paddenfresser, du Fischfänger! –, sieh dich vor, denn zuletzt, ganz zuletzt soll es dich hetzen, unser kleines Menschenjunges, ja, und soll dir das Fell über die Katzenohren ziehen. Und nun pack dich fort! Oder ich schwör's bei dem letzten Sambar, den ich schlug (ich vergreife mich nicht am hungrigen Herdenvieh), ich schwör's, du verbranntes Biest, lahmer sollst du zu deiner Mutter zurückkehren, als du zur Welt gekommen bist. Fort mit dir!«

Ganz verblüfft blickte Vater Wolf sie an. Fast vergessen hatte er die Zeit, da er Mutter Wolf sich errang im offenen, ehrlichen Kampf gegen fünf andere Wölfe – damals, als sie mit dem Pack lief und nicht umsonst der Dämon genannt wurde.

Shir Khan würde es wohl mit Vater Wolf aufgenommen haben, aber gegen Mutter Wolf anzugehen, das wagte er denn doch nicht, denn er wußte, daß sie alle Vorteile der Lage für sich hatte und es einen Kampf auf Tod und Leben geben würde. So zog er sich knurrend aus dem engen Eingang zurück und brüllte, als er frei war:

»Im eigenen Hof kläfft jeder Hund! Aber wir wollen doch erst einmal sehen, was das Rudel zu dieser Geschichte sagen wird. Mir allein gehört das Menschenjunge, und zwischen meine Zähne wird es doch noch kommen zuletzt, ihr buschschwänzigen Spitzbuben, ihr!«

Mutter Wolf warf sich keuchend zwischen ihre Jungen nieder, und Vater Wolf sagte jetzt mit besorgter Miene: »Shir Khan hat nicht ganz unrecht. Das Menschenjunge muß dem Rudel gezeigt werden. Willst du es wirklich behalten?«

»Wirklich behalten?«, fragte sie entrüstet. »Nackt und ganz allein kam es zu uns in der Nacht und sehr hungrig und hatte doch nicht ein bißchen Furcht. Sieh doch nur, jetzt hat es schon wieder eins meiner Kinder beiseite gedrückt. Und dieser lahme Viehschlächter hätte es beinahe verschlungen und sich dann zum Waingungaflusse aus dem Staube gemacht, während die Dorfbewohner hier alle Schlupfwinkel durchsucht hätten, um Rache zu nehmen! Ihn behalten? Natürlich will ich das. Lieg still, kleiner Frosch. Oh, mein Mogli – denn Mogli, Frosch, werde ich dich nennen –, der Tag wird für dich kommen, diesen Shir Khan zu jagen und zu hetzen, wie er dich heute gehetzt hat!«

»Aber was wird unser Rudel dazu sagen?«, meinte Vater Wolf.

Das Gesetz des Dschungels stellt es jedem Wolfe frei, sich von dem Rudel zu trennen, wenn er die Wölfin in sein Lager holt. Sobald aber seine Jungen groß genug sind, um auf eigenen Läufen zu stehen, muß er sie zur Ratsversammlung bringen, die einmal im Monat zur Zeit des Vollmonds tagt; und dort werden sie von allen Wölfen des Rats in Augenschein genommen und anerkannt. Nach dieser Musterung haben die Jungen das Recht, frei umherzustreifen; und bevor sie nicht ihren ersten Bock gerissen haben, darf unter keinen Umständen ein erwachsener Wolf sie angreifen oder töten. Das Gesetz des Dschungels ist streng, und wer gegen die Vorschrift fehlt, wird ohne Gnade mit dem Tode bestraft. Wenn man ein bißchen nachdenkt, muß man zugeben, daß es so sein muß.

Vater Wolf wartete, bis seine Kleinen laufen konnten, und dann nahm er sie alle mit Mutter Wolf und Mogli eines Nachts mit zum Ratsfelsen, einer Hügelkuppe, die mit Steinen und Geröll bedeckt war und die wohl hundert Wölfen und mehr ein sicheres Versteck bot. Akela, der große, graue Einsiedelwolf, war dank seiner Stärke und Schläue der Führer des Rudels. Er lag lang ausgestreckt auf einem ragenden Felsblock, und etwas tiefer unterhalb kauerten mehr als vierzig Wölfe von jeder Farbe und Gestalt. Da waren dachsgraue Veteranen, die es allein mit jedem Bock aufnahmen, bis herunter zu den schwarzen, drei Jahre alten Wölfen, die meinten, sie könnten es auch. Der große, graue Einzelgänger hatte das Rudel nun schon ein Jahr lang geführt. In seiner Jugend war er zweimal in Wolfsfallen geraten, und einmal hatte man ihn beinahe erschlagen; deshalb kannte er ein gut Teil von den Sitten und Gebräuchen der Menschen.

In der Versammlung wurde wenig gesprochen. Mitten im Kreise, um den die Eltern saßen, stolperten und purzelten die Kleinen umher; ab und zu kam ein Altwolf lautlos herbei, sah sich die Jungen genau an, beschnüffelte sie sorgfältig und schritt dann wieder gravitätisch auf seinen Platz zurück. Manchmal schob eine besorgte Mutter ihr Kleines recht weit hinaus in das helle Mondlicht, um ganz sicher zu sein, daß man es nicht übersehen habe. Von seinem Felsen rief Akela immer wieder: »Ihr kennt das Gesetz – ihr kennt das Gesetz wohl! Äuget genau, ihr Wölfe!«

Und ängstliche Mütter nahmen den Ruf auf und wiederholten: »Äuget – äuget genau, o Wölfe!«

Und zuletzt – Mutter Wolfs Nackenhaare stellten sich hoch – zuletzt schob Vater Wolf »Mogli, den Frosch« in den Kreis. Da saß er lachend und spielte mit kleinen Steinchen, die im Mondlicht glänzten. Akela hob seinen Kopf nicht von den Pranken, sondern wiederholte den eintönigen Ruf: »Äuget – äuget genau!«

Da kam ein dumpfes Gebrüll hinter den Felsen hervor. Es war Shir Khans Stimme: »Das Junge gehört mir! Gebt es mir! Was hat das freie Volk mit einem Menschenjungen zu schaffen?«

Akela rührte nicht einmal die Lauscher, er sagte nur: »Äuget wohl, ihr Wölfe! Was geht das freie Volk die Weisung eines Fremdlings an?«

Da erhob sich im Rate ein Grollen und Murren. Ein junger Wolf im vierten Jahr griff Shir Khans Frage auf und warf sie Akela zu: »Was hat das freie Volk mit einem Menschenjungen zu schaffen?«

Das Gesetz des Dschungels bestimmt, daß im Falle einer Meinungsverschiedenheit, ob ein Junges im Rudel aufgenommen werden soll oder nicht, mindestens zwei Mitglieder des Rates zugunsten des Kleinen sprechen müssen, doch haben die beiden Eltern keine Stimme.

»Wer spricht für das Junge?«, fragte Akela. »Wer unter dem freien Volke spricht für ihn?«

Keiner meldete sich, und Mutter Wolf machte sich bereit zu ihrem letzten Kampf – denn sie wußte, daß es ihr letzter sein würde, wenn es zum Kampfe kam.

In diesem Augenblick stellte sich Balou auf die Hinterbeine und knurrte – Balou, der schläfrige, braune Bär, der die jungen Wölfe das Dschungelgesetz lehrt. Der einzige Fremdling ist er im Rate der Wölfe, er kann gehen und kommen, ganz wie er will, denn er lebt nur von Nüssen, Wurzeln und Honig.

»Das Menschenjunge, das Menschenjunge?«, fragte er. »Ich spreche für das Menschenjunge. Warum denn nicht? Was kann ein Menschenjunges dem Packe schaden? Wie? Schöne Reden halten kann ich nicht, aber ich spreche die Wahrheit. Nehmt ihn auf und laßt ihn mit dem Rudel laufen. Ich selbst werde ihn unterrichten.«

»Noch einen Fürsprecher brauchen wir!«, sagte Akela.

»Balous Wort gilt, er ist der Lehrer der Jungen. Wer spricht noch außer Balou?«

Ein dunkler Schatten fiel in den Kreis. Es war Baghira, der schwarze Panther, tintenschwarz über und über, doch mit der Pantherzeichnung, die in der Seide des Felles zuweilen aufleuchtete. Jeder kannte Baghira, und niemand kreuzte gern seinen Pfad; denn schlau war er wie Tabaqui, stark wie der Büffel und tollkühn wie Hathi, der Elefant, wenn er verwundet ist. Aber seine Stimme war sanft wie wilder Honig, der vom Baume tröpfelt, und sein Fell weicher als Flaumfedern.

»Du, Akela, und ihr, das freie Volk!«, schnurrte er. »Ich habe kein Recht in eurer Versammlung; doch nach dem Dschungelgesetze kann das Leben eines Jungen, dessen Aufnahme bestritten wird, für einen Preis erkauft werden. Und das Gesetz schreibt nicht vor, wer den Preis bezahlen soll und wer nicht. Spreche ich wahr?«

»Gut, sehr gut!«, jaulten die immer hungrigen jungen Wölfe. »Hört, was Baghira sagt! Um einen Preis ist das Junge einzukaufen in das Rudel. So steht's im Gesetz!«

»Ich habe kein Recht, hier zu sprechen, so bitte ich um eure Erlaubnis!«

»Sprich nur!«, schrien zwanzig Stimmen.

»Ein nacktes Junges zu töten ist Schmach und Schande. Im übrigen taugt es besser dazu, euch an ihm zu erproben, wenn es erst groß und erwachsen ist. Balou hat gesprochen. Den Worten Balous füge ich nur einen Bullen hinzu – fett, sage ich euch, und eben erst getötet! Keine halbe Meile liegt er von hier, wenn ihr bereit seid, das Menschenjunge aufzunehmen nach dem Gesetz. Leuchtet euch das ein?«

Da tönte es bunt durcheinander: »Warum sollten wir nicht? Was kann es schaden? Es wird ja doch im Winterregen umkommen oder in der Sonne verdorren. Was kann uns denn so ein nackter Frosch antun? Laßt ihn mit dem Rudel laufen! Wo ist dein Bulle, Baghira! Wir stimmen für den Antrag!«

Und wieder erklang Akelas heiseres Bellen vom Felsen her: »Äuget, ihr Wölfe! Äuget genau!«

Mogli spielt versonnen mit den Steinchen; so wurde er es gar nicht gewahr, daß die Wölfe einer nach dem anderen herankamen, um ihn zu beäugen. Dann liefen sie alle den Hügel hinab zu dem toten Bullen, und nur Akela, Baghira, Balou und Moglis eigene Wölfe blieben zurück. Shir Khans Gebrüll erfüllte die Nacht, denn er war sehr zornig, daß man ihm Mogli nicht ausgeliefert hatte.

»Heule nur!«, brummte Baghira in seinen Bart. »Heule nur! Die Zeit wird kommen, dann wird das nackte Ding dir in einer anderen Tonart aufspielen – oder ich weiß nichts vom Menschen.«

»Gut getan!«, sagte Akela. »Menschen und ihre Jungen sind sehr klug. Wer weiß – er kann uns später eine Hilfe werden.«

»Wahrlich, Hilfe in der Not; denn keiner kann hoffen, das Rudel ewig zu führen«, sagte Baghira.

Akela antwortete nicht. Er gedachte der Zeit, die für jeden Leiter eines Rudels kommt, wenn seine Stärke von ihm weicht, wenn er schwach und immer schwächer wird, bis zuletzt die eigenen Wölfe über ihn herfallen und ihn reißen. Ein neuer Führer ersteht, bis auch er an die Reihe kommt, getötet zu werden.

»Nimm das Menschenjunge fort mit dir«, sagte Akela zu Vater Wolf, »und erziehe es, wie es sich ziemt für einen vom freien Volk.«

… Und so geschah es, daß Mogli im Rudel der Sioniwölfe aufgenommen wurde um den Preis eines fetten Bullen und auf Balous Fürsprache.

Zehn oder zwölf Jahre müßt ihr nun überspringen und euch selbst das seltsame Leben ausmalen, das Mogli unter den Wölfen führte; denn alles im einzelnen zu erzählen, würde Bände füllen. Mit den Wolfsjungen wuchs er auf, aber diese waren natürlich schon groß und stark, ehe noch Mogli alle seine Milchzähne hatte. Vater Wolf lehrte ihn alles, was ein Wolf wissen mußte, und weihte ihn in das Leben des Dschungels ein, bis jedes Rascheln im Grase, jeder Hauch der warmen Nachtluft, jeder Ruf der Eule über seinem Kopf, jeder Kratzer von den Krallen der Fledermäuse, wenn sie eine Weile im Baum gerastet hatten, und jeder klatschende Sprung des kleinsten Silberfisches im Teiche – bis dies alles seine genaue Bedeutung für ihn hatte. Und wenn er nicht lernte, dann lag er in der Sonne und schlief und aß und legte sich wieder schlafen. War er durstig oder heiß, schwamm er in den Weihern des Waldes. Hatte er ein Gelüste nach Honig (Balou sagte ihm nämlich, daß Honig und Nüsse mindestens so gut schmeckten wie Fleisch), dann kletterte er in den Bäumen umher, und Baghira zeigte ihm, wie er das tun müsse. Der schwarze Panther war ein verständiger Lehrer. Er sprang zuerst selbst den Baum hinauf, als sei es gar kein Kunststück, streckte sich bequem auf einem Aste aus und rief: »Komm her zu mir, kleiner Bruder!« Anfänglich wollte Mogli sich anklammern wie das Faultier, aber später schwang er sich durch die Baumkronen fast so kühn wie der graue Affe.

Er hatte bald auch seinen Platz bei dem Ratsfelsen in der Versammlung. Und hier machte er eines Tages die seltsame Entdeckung, daß die Wölfe seinen Blick nicht aushalten konnten. Starrte er einem von ihnen gerade ins Gesicht, so senkte der Wolf die Augen. Und so gewöhnte er sich daran, rein aus Mutwillen, sie anzustarren. Oft aber auch zog er mit seinem kleinen, flinken Händen die Dornen aus den Ballen seiner Freunde, denn Wölfe leiden schrecklich unter Dornen und Splittern in ihren Pfoten und ihrem Fell. Zuweilen schlich er sich des Nachts nahe an die Dörfer und betrachtete neugierig die braunen Bewohner der Hütten; aber er mißtraute den

Menschen, denn Baghira hatte ihm eine Kastenfalle gezeigt, die mit schweren Fangeisen so geschickt im Grase verborgen war, daß Mogli beinahe hineingeraten wäre. Am liebsten ging Mogli mit dem Panther so recht in das dunkle, feuchtwarme Herz des Urwaldes, um dort den schwülen Tag über zu schlafen und des Nachts Baghira auf der Jagd zu begleiten. Wenn der Panther hungrig war, würgte er rechts und links alles, was ihm in den Weg kam, und so tat auch Mogli – mit einer einzigen Ausnahme. Sobald er alt und verständig genug geworden, sprach Baghira zu ihm: »Der ganze Dschungel gehört dir, und du darfst alles erlegen, was du zu töten vermagst – aber um des Bullen willen, für den du erkauft wurdest, darfst du niemals Rindvieh töten oder essen, es sei jung oder alt. So lautet das Gesetz des Dschungels.«

Und Mogli gehorchte gewissenhaft. Er wuchs und wurde so stark, wie ein Knabe werden muß, der nicht weiß, was lernen heißt, und an nichts zu denken hat, als was man essen kann.

Mutter Wolf erzählte ihm ein- oder zweimal, daß man Shir Khan nicht trauen dürfe und daß er die Pflicht habe, eines Tages den Tiger zu töten. Ein Jungwolf würde zu jeder Stunde dieser Mahnung gedacht haben; Mogli aber vergaß sie immer und immer wieder, denn er war nur ein Knabe. Er selbst würde sich allerdings einen Wolf genannt haben, hätte er die Sprache der Menschen reden können.

Häufig kreuzte Shir Khan herausfordernd Moglis Pfad im Dschungel; denn Akela wurde älter und schwächer, und der lahme Tiger schloß Freundschaft mit den Jungwölfen des Rudels, die ihm folgten um des Beuteabfalls willen. Das aber wäre nie geschehen in den Tagen von Akelas Macht. Shir Khan schmeichelte den jungen Wölfen und fragte oft verwundert, warum sich so starke, junge Jäger von einem verreckenden alten Wolfe und einem nackten Menschenjungen leiten ließen.

»Man erzählt sich im Dschungel«, näselte er dann wohl höhnisch, »daß ihr in der Ratsversammlung nicht wagt, dem Menschenkind in die Augen zu schauen!« Dann knurrten die jungen Wölfe und sträubten das Fell.

Baghira, der seine Augen und Ohren überall hatte, erfuhr davon; und er warnte Mogli, daß Shir Khan ihm eines schönen Tages auflauern und ihn erwürgen werde. Aber Mogli lachte nur und antwortete: »Ich habe doch das Rudel und habe dich und habe Balou, der zwar faul geworden ist, aber immer noch für mich ein paar Schläge austeilen würde. Warum also mich fürchten?«

An einem sehr heißen Tage war es, da überkam den schwarzen Panther ein neuer Gedanke – vielleicht hatte er etwas gehört, oder Ikki, das Stachelschwein, hatte ihm davon erzählt. Kurz und gut, zu Mogli sagte er plötzlich im tiefsten Dschungel, als des Knaben Kopf auf Baghiras schwarzem, schimmerndem Fell ruhte: »Kleiner Bruder, wie oft sagte ich dir schon, daß Shir Khan dein Feind ist?«

»So oft, als Nüsse an der Palme dort hängen«, antwortete Mogli, der natürlich nicht zählen konnte. »Doch, was soll's? Schläfrig bin ich, Baghira, und Shir Khan ist nichts als ein langer Schwanz und ein großes Maul, wie Mao, der Pfau.«

»Aber jetzt ist nicht Zeit zum Schlafen. Balou weiß es; ich weiß es; das Rudel weiß es, und sogar die dummen, dummen Rehe wissen's. Dir hat es auch Tabaqui erzählt.«

»Ho, ho«, höhnte Mogli. »Tabaqui kam vor kurzem zu mir, das Maul voll frecher Redensarten: ich sei ein nacktes Menschenjunges und tauge nicht einmal, um Erdnüsse auszugraben. Aber ich, ich packte ihn beim Schwanze und schwang ihn zweimal gegen eine Palme, um ihn Anstand zu lehren.«

»Dummheit war das! Tabaqui ist zwar ein Unheilstifter, dennoch hätte er dir von Dingen erzählen können, die dich nahe angehen. Sperr die Augen auf, kleiner Bruder. Shir Khan wird es nicht wagen, dich im Dschungel zu würgen; aber bedenke, Akela ist sehr alt geworden, und bald wird der Tag kommen, an dem er nicht mehr den Bock zu reißen vermag, und dann – hört er auf, Führer des Rudels zu sein. Viele Wölfe, die dich damals im Rat musterten, sind nun schon ergraut; die Jungen aber hängen Shir Khan an, der ihnen vorschwatzt, daß für ein Menschenjunges kein Platz ist im Rudel. In kurzem wirst du ein Mann sein.«

»Und was ist denn ein Mann, daß er nicht mit seinen Brüdern laufen soll?«, fragte Mogli erregt. »Im Dschungel bin ich geboren, nach dem Gesetz des Dschungels habe ich gelebt. Keiner ist im Rudel, dem ich nicht schon einen Dorn aus der Pfote zog. Es sind doch meine Brüder.«

Baghira streckte sich in seiner ganzen Länge aus und schloß halb die Augen. »Kleiner Bruder«, sagte er, »fühle mir einmal unter den Kiefer.«

Mogli hob seine starke braune Hand, und gerade unter Baghiras seidigem Kinn, dort, wo die gewaltigen Muskeln spielten unter dem glänzenden Fell, da fühlte er eine kleine, kahle Stelle.

»Keiner im Dschungel weiß, daß ich, Baghira, dieses Zeichen trage – die Spur eines Halsringes; und doch, mein kleiner Bruder, ist es wahr, daß ich unter Menschen geboren bin, und unter Menschen siechte meine Mutter dahin und verendete – in den Käfigen des Königspalastes zu Udaipur. Das war der Grund, warum ich den Preis für dich zahlte, als du noch ein kleines, nacktes Junges warst. Ja, auch ich kam unter Menschen zur Welt. Ich hatte niemals den Dschungel gesehen. Sie fütterten mich hinter eisernem Gitter, bis ich eines Nachts fühlte, daß ich Baghira sei, der Panther! … und kein Spielzeug für Menschen. Da zerbrach ich mit einem Schlag meiner Tatze das Schloß, das dumme, und war frei … und wurde erst wirklich Baghira, der Panther. Und weil ich Menschenbrauch kannte, wurde ich furchtbarer im Dschungel als Shir Khan. Ist es nicht so?«

»Ja, mein Bruder, alle im Dschungel fürchten Baghira, alle, außer Mogli.«

»Oh, du bist ein Menschenkind!«, sagte der schwarze Panther mit zärtlichem Knurren. »Und so wie ich in den Dschungel heimkehrte, so wirst du zuletzt zu den Menschen zurückfinden, den Menschen, deinen Brüdern – wenn man dich nicht vorher im Rate tötet.«

»Aber warum? Warum sollten sie mich töten?«

»Sieh mich an!«, sagte Baghira, und Mogli blickte ihm fest in die Augen. Nach einer halben Minute wandte der große Panther den Kopf zur Seite. »Deshalb«, sagte er und verschob die Pranke auf dem raschelnden Laubwerk. »Sogar ich vermag dir nicht gerade in die Augen zu sehen, und doch wurde ich unter Menschen geboren und liebe dich, mein kleiner Bruder. Aber die anderen hassen dich, weil deine Augen ihnen wehe tun, weil du weise bist und ihnen Dornen aus den Tatzen gezogen hast… kurz, weil du ein Mensch bist!«

»Von alledem wußte ich nichts«, sagte Mogli, und finster runzelten sich seine schwarzen Brauen.

»Wie lautet das Gesetz des Dschungels? Erst schlage und dann sprich! Gerade an deiner Sorglosigkeit sehen sie, daß du ein Mensch bist. Sei aber klug. Mir schwant, wenn Akela das nächste Mal seine Beute fehlt… und jedesmal wird es ihm schwerer, den Bock zu packen… dann wird das ganze Rudel über dich herfallen… über ihn und über dich. Einen Dschungelrat werden sie halten am Felsen, dann aber – dann – – Ich hab's!«, rief Baghira erregt und sprang auf. »Höre, kleiner Bruder, laufe so schnell du kannst ins Tal zu den Hütten der Menschen und hole die rote Blume, die sie dort hegen. Dann wirst du in der Stunde der Not einen mächtigeren Freund haben als mich oder Balou oder die vom Rudel, die dich lieben. Lauf schnell und hole die rote Blume!«

Baghira meinte mit der roten Blume das Feuer; aber kein Tier im Dschungel wird das Feuer bei seinem Namen nennen. In großer Furcht leben alle vor dem glühenden Atem der Flamme und erfinden hundert Worte, sie zu umschreiben.

»Die rote Blume?«, fragte Mogli, »die wächst vor den Hütten in der Dämmerung. Ich will sie holen!«

»So spricht ein Menschenjunges!«, erwiderte Baghira mit Stolz. »Vergiß nicht, in kleinen Töpfen wächst sie. Und nun fort! Eile! Und bewahre sie wohl für die Zeit der Not!«

»Gut!«, sagte Mogli. »Ich laufe. Aber bist du sicher, mein lieber Baghira«, er schlang seinen Arm um den glänzenden Hals seines Freundes und sah ihm tief in die großen Augen, »bist du auch ganz sicher, daß alles das Shir Khans Werk ist?«

»Bei dem gesprengten Schloß, das mich befreite, sicher bin ich, kleiner Bruder.«

»Dann, bei dem Bullen, der mein Kaufpreis war, dann will ich Shir Khan voll heimzahlen und vielleicht auch ein wenig mehr, als ich ihm schulde.« Und mit langen Sätzen sprang Mogli davon.

Ja, Mensch! Ganz und gar Mensch, dachte Baghira, sich wieder lagernd. »Oh, Shir Khan, niemals gab es schlimmere Jagd als deine Froschhetze vor zehn Jahren!«

Mogli rannte und rannte durch den Wald, und hoch schlug ihm das Herz. Als der Abendnebel stieg, gelangte er zu der Höhle, schöpfte Atem und blickte hinab ins Tal. Seine Brüder waren fort, aber Mutter Wolf lag hinten im Dämmer der Höhle. Sie hörte seinen keuchenden Atem und wußte sogleich, daß ihr kleiner Frosch Kummer hatte.

»Was hast du, Sohn?«, fragte sie.

»Ach, nichts, nichts, nur dummes Geschwätz von Shir Khan!« rief er zurück. »Ich jage auf den gepflügten Feldern heute Nacht!«, und fort war er, seinen Weg durch das Dickicht bahnend, fort zum Flusse im Talgrunde. Da plötzlich stutzte er, denn er vernahm das Geheul des jagenden Rudels, hörte dumpfes Röhren gehetzter Sambarhirsche und das wilde Schnauben des Bockes, der sich den Verfolgern stellte. Dann ertönte das höhnische, böse Heulen der jungen Wölfe. »Akela, Akela! Der Einsiedelwolf zeige seine Stärke. Platz dem Führer des Rudels. Spring an, Akela!«

Und Akela sprang, mußte aber gefehlt haben, denn Mogli hörte das scharfe Zuklappen des Gebisses und gleich darauf ein Wehgeheul, als der wütende Hirsch mit seinen Vorderläufen den Wolf niederschlug.

Mogli verharrte nicht länger, sondern preschte weiter. Das Bellen und Heulen hinter ihm ward schwächer, als er durch Äcker und Saatfelder lief zu den Wohnungen der Menschen.

»Baghira sprach wahr«, keuchte er und ließ sich auf einem Strohhaufen neben dem Fenster einer Hütte niederfallen, »morgen gilt's uns beiden – Akela und mir!«

Dann erhob er sich geräuschlos, preßte das Gesicht gegen das kleine Fenster und beobachtete das Feuer auf dem Herd. Er sah, wie in der Nacht das Weib des Dörflers aufstand und dem Feuer kleine schwarze Stücke zur Nahrung gab. Als dann der Morgen anbrach und weiß und kalt die Nebel zogen, gewahrte er, wie der Knabe des Dörflers einen Weidenkorb nahm, der innen mit Lehm ausgelegt war, Stücke rotglühender Holzkohle hineintat, ihn zudeckte und hinaustrat, um nach den Kühen im Stall zu sehen.

»Ist das alles?«, sagte Mogli zu sich. »Wenn das ein Menschenjunges tun kann, so ist keine Gefahr dabei.« Er bog rasch um die Ecke, trat auf den Knaben zu, entriß ihm den Topf und war im Nebel verschwunden, während der Junge in ein Angstgeheul ausbrach.

Sie sehen ganz aus wie ich – die Menschen, dachte Mogli und blies in den Topf, wie es die Frau gemacht hatte. Es wird sterben, wenn ich es nicht füttere. Und er legte kleine Zweige und Baumrinde auf die rote Blume. Er war schon wieder weit den Berg hinauf, als er Baghira traf, auf dessen Fell die Tautropfen des Morgens wie Mondsteine glänzten.

»Akela hat den Sprung verfehlt«, erzählte der Panther. »Sie hätten ihn schon diese Nacht getötet, aber auch dich wollten sie haben. Überall im Dschungel suchten sie nach dir.«

»Bei den Hütten der Menschen war ich. Jetzt bin ich bereit. Sieh!«, Er hielt den rauchenden Topf in die Höhe.

»Gut, aber höre. Ich sah, wie die Menschen einen trockenen Ast in die Masse bohrten, und dann blühte plötzlich die rote Blume an seinem Ende auf. Hast du keine Angst?«

»Nein! Warum sollte ich denn? Jetzt entsinne ich mich – wenn es kein Traum war –, wie ich einst, bevor ich ein Wolf wurde, neben der roten Blume lag; warm war sie und freundlich.«

Mogli saß den ganzen Tag in der Höhle bei seinem Feuertopfe und steckte trockene Zweige hinein, um zu sehen, wie die rote Blume aufzüngelte. Zuletzt fand er einen starken Ast, der ihm gefiel.

Am Abend dann, als Tabaqui in die Höhle kam und ihm höhnisch zurief, er werde gewünscht auf dem Ratsfelsen, da lachte er und lachte, bis Tabaqui entsetzt davonlief. Und lachend noch ging Mogli zur Ratsversammlung der Wölfe. Akela, der Einsiedelwolf, lagerte am Fuß seines felsigen Sitzes zum Zeichen, daß die Führerschaft des Rudels frei war. Shir Khan schritt stolz auf und ab, umschmeichelt von seinem Anhang, den abfallfressenden Wölfen. Baghira lag dicht bei Mogli, der den Feuertopf zwischen den Knien hielt.

Als alle vollzählig versammelt waren, hob Shir Khan an zu sprechen, wie er's zur Zeit von Akelas kraftvoller Führung nie gewagt haben würde.

»Er hat kein Recht zu reden«, flüsterte Baghira. »Sage ihm das! Ein Hundesohn ist er! Sag es ihm! Er wird dann Furcht haben!«

Mogli sprang auf. »Freies Volk!«, rief er. »Ist Shir Khan des Rudels Führer? Was hat ein Tiger mit der Führerschaft zu tun?«

»In Anbetracht dessen, daß die Führerschaft frei ist – in Anbetracht, daß ich ersucht worden bin, zu sprechen…«, begann Shir Khan.

»Ersucht? Von wem?«, rief Mogli. »Sind wir denn alle Schakale, daß wir vor diesem lahmen Viehschlächter kriechen? Die Führerschaft über das Rudel steht ganz allein dem Rudel zu.«

Wildes Geschrei erhob sich: »Schweige, du Menschenjunges!« Und andere riefen: »Er rede! Er hat das Gesetz gehalten!« Endlich übertönte die donnernde Stimme des Ältesten des Rudels das Gewirr: »Der tote Wolf soll sprechen. Akela hat das Wort.« Sobald nämlich der Führer des Rudels seine Beute verfehlt hat, wird er der »tote Wolf« genannt, solange er noch am Leben ist.

Akela hob müde sein graues Haupt und sagte:

»Freies Volk, und auch ihr, Schakale Shir Khans! Zwölf Jahre lang führte ich euch vom Lager zum Schlagen, vom Schlagen zum Lager, und während der ganzen Zeit geriet keiner in Fallen, kam keiner zu Schaden. Nun habe ich meine Beute gefehlt. Ihr alle wißt von der Verschwörung gegen mich. Ihr wißt, wie ihr mich zu dem Bock in der Brunft gebracht habt, um dem Rudel meine Schwäche zu zeigen. Die Falle war gut gestellt. Euer Recht ist nun, mich hier am Ratsfelsen zu töten. Ich frage daher, wer kommt an, um mit dem alten Führer ein Ende zu machen? Denn mein Recht ist nach Dschungelgesetz, daß ihr einzeln kommt, um mit dem alten Führer ein Ende zu machen. Denn mein Recht ist nach Dschungelgesetz, daß ihr einzeln kommt, um mich anzugehen, einer nach dem anderen.«

Tiefes Schweigen herrschte ringsum; niemand regte sich, denn keiner hatte den Mut, Akela zu Tode zu kämpfen. Da brüllte Shir Khan:

»Bah! Was haben wir denn mit diesem zahnlosen Narren zu schaffen? Er ist sowieso dem Tode verfallen! Aber das

Menschenjunge ist's, um das es sich handelt! Freies Volk, er war meine Beute von Anbeginn! Liefert ihn mir aus! Meine Geduld mit ihm ist zu Ende! Dieser Menschenwolf hat zehn Jahre lang im Dschungel sein Unwesen getrieben! Gebt ihn heraus, oder… ich schwör's… ich werde immerdar in euren Gründen jagen und keinen trockenen Knochen übriglassen. Mensch ist er, eines Menschen Kind – ich hasse ihn, bis in das Mark meiner Gebeine hasse ich ihn!«

Mehr als die Hälfte des Rudels heulte: »Ein Mensch ist er! Was haben wir mit einem Menschen zu schaffen? Zum Menschenpack gehe er, wo er hingehört!«

»Um alle Dörfler gegen uns aufzuhetzen?«, fragte Shir Khan. »Nein, gebt ihn mir. Mensch ist er, und keiner von uns vermag ihm in die Augen zu blicken.«

Wieder erhob Akela den grauen Kopf. »Er hat mit uns sich gesättigt. Er hat mit uns geschlafen. Er hat uns das Wild zugejagt. Er hat niemals ein Gesetz des Dschungels gebrochen.«

»Ich zahlte einen Bullen für ihn als Preis für seine Aufnahme. Gewiß, der Wert eines Bullen ist gering, aber für seine Ehre wird Baghira möglicherweise zu kämpfen wissen«, sagte der Panther mit sanfter Stimme.

»Ein Bulle, vor zehn Jahren bezahlt«, knurrte das Rudel. »Was kümmern uns alte gebleichte Knochen?«

»Auch nicht Verträge?«, Baghira fletschte sein weißes Gebiß. »Freies Volk nennt man euch und mit Recht.«

»Kein Menschenjunges darf laufen und leben mit den Völkern des Dschungels«, heulte Shir Khan. »Gebt ihn mir frei!«

»Er ist unser Bruder in allem – nur nicht im Blute!«, fuhr Akela fort, »und dennoch wollt ihr ihn erwürgen? Wahrlich, zu lange schon habe ich gelebt! Manche unter euch sind Viehfresser geworden, und andere – so hörte ich sagen – schleichen sich Nachts im Gefolge Shir Khans in die Dörfer und stehlen kleine Kinder von den Türschwellen! Feiglinge seid ihr und Hundegezücht, und zu Feiglingen spreche ich jetzt. Ich bin dem Tode verfallen, und keinen Wert hat mein Leben, sonst würde ich es euch anbieten, um das Menschenjunge zu retten. Aber um der Ehre des Rudels willen, die ihr – führerlos geworden – vergaßt, schwöre ich euch, daß ich mich nicht wehren will, wenn meine Zeit kommt, zu sterben! Laßt das Menschenjunge in sein Dorf zurückkehren, und ich lasse mich willig von euch zerreißen, ohne zu kämpfen! Das wird zum mindestens dreien aus dem Rudel das Leben retten. Mehr kann ich nicht tun; aber wenn ihr wollt, kann ich euch die Schande ersparen, einen Bruder zu töten, gegen den keine Klage ist – einen Bruder, für den man sprach und den man einkaufte ins Pack nach dem Gesetz des Dschungels.«

»Er ist ein Mensch – Mensch – Mensch!«, knurrte wütend das Rudel, und die meisten Wölfe begannen sich um Shir Khan zu scharen, dessen Schwanz die Luft peitschte.

»Jetzt ist's an dir!«, sagte Baghira zu Mogli. »Uns bleibt nur der Kampf!«

Mogli stand aufrecht, den Feuertopf in den Händen. Dann streckte er die Arme aus und gähnte den knurrenden Wölfen gerade ins Gesicht. Aber im Herzen war er rasend vor Wut und Trauer, denn nach Wolfsart hatten die Wölfe ihn niemals merken lassen, wie sehr sie ihn haßten.

»Hört jetzt, ihr da!«, rief er. »Überflüssig ist all dieses Hundegekläff! Gern wäre ich mit euch ein Wolf geblieben, bis zu meines Lebens Ende – aber immer wieder habt ihr's mir heute gesagt, ich sei ein Mensch, und ich fühle, eure Worte sind wahr! Und so nenne ich euch hinfort nicht mehr meine Brüder, sondern sag Hunde, wie dem Menschen geziemt. Was ihr tun oder nicht tun werdet, das habt nicht ihr zu bestimmen – das ist allein meine Sache. Und damit euch das deutlich wird, darum habe ich, der Mensch, zu euch die rote Blume gebracht, vor der ihr Hunde euch fürchtet!«

Er warf den Feuertopf um, und rote Kohlen fielen auf trockenes Moos, das aufflammte; entsetzt wich das Wolfspack zurück vor den aufzüngelnden, glühenden Schlangen.

Mogli hielt den trockenen Ast in das Feuer, bis die Zweige brannten, und dann schwang er ihn über den Kopf und sprang zwischen die kauernden Wölfe.

»Du bist ihr Herr und Meister!«, flüsterte ihm Baghira zu. »Rette Akelas Leben! Er war stets dein Freund!«

Akela, der grimmige, alte Wolf, der niemals in seinem Leben um Gnade gefleht hatte, sah auf und warf einen zaghaft klagenden Blick auf den Knaben, der nackend dastand mit wallendem, schwarzem Haar und umtanzt vom zitternden, schwankenden Schatten der flackernden Glut.

»Gut!«, sagte Mogli und blickte im Kreise um sich, »ich wußte es – ihr seid Hunde! Ich gehe von euch zu meinem eigenen Volke – wenn es mein Volk ist. Verschlossen ist mir fortan der Dschungel, und vergessen muß ich euch und das Leben bei euch. Aber ich will barmherziger sein, als ihr es wart! Da ich euer Bruder war – euer Bruder in allem, nur nicht im Blute –, verspreche ich, daß ich, bin ich Mensch unter Menschen, euch nicht an die Menschen verraten werde, wie ihr mich verraten habt. Kein Krieg soll sein zwischen mir und euch.« Mogli stieß mit dem Fuß in die brennenden Hölzer, daß die Funken aufprasselten. »Aber noch ist eine Schuld hier zu begleichen, bevor ich gehe.« Er schritt hin zu Shir Khan, der dasaß und blöde blinzelnd in die Flamme starrte, und packte ihn fest an den Kinnhaaren. Baghira war ihm gefolgt.

»Auf Hund!«, schrie Mogli ihn an. »Auf, wenn ein Mensch mit dir spricht, oder ich stecke dir dein Fell in Brand!«

Shir Khans Ohren legten sich flach an den Kopf, er schloß die Augen, denn allzu nah schwelte der glimmende Ast.

»Dieser Viehschlächter prahlte, er würde mich heute töten, weil ich einst von ihm fortlief, als ich noch ein wehrloses Junges war! Ich will dir zeigen, wie die Menschen, wenn sie Männer geworden sind, die Hunde strafen! Rühre nur ein Glied, Langri, und ich stoße dir die Feuerblume in den Rachen!«

Und er schlug den brennenden Ast dem Tiger um die Ohren, der in kläglicher Angst winselte und heulte.

»Pah! Du versengte Dschungelkatze!... Du kannst nun gehen! Aber wisse, daß ich das nächste Mal nur mit Shir Khans Fell um die Schultern hier zum Ratsfelsen kommen werde!... Und ihr anderen, ihr falschen Brüder, hört meinen Willen!... Akela geht frei von hier, wohin es ihm beliebt. Ihr werdet ihn nicht töten, weil ich es nicht will. Und nun fort mit euch allen! Ihr sollt hier nicht länger sitzen mit hängender Zunge, als wäret ihr etwas anderes als Hunde, die ich von dannen jage! Fort!«

Das Feuer brannte hell am Ende des Astes, und Mogli schlug rechts und links in den Haufen, daß die Wölfe heulend mit versengtem Fell davonstoben. Zuletzt waren nur Akela, Baghira und etwa zehn Wölfe auf dem Platze, die Moglis Freunde geblieben waren. Da ergriff Mogli ein Schmerz im Innern, wie er ihn noch nie gekannt hatte; sein Herz krampfte sich zusammen, er schluchzte, und Tränen liefen über sein Gesicht.

»Was ist das? Was ist das nur?«, fragte er. »Bei euch im Dschungel möchte ich bleiben, und ich weiß nicht, wie mir ist. Sterbe ich, Baghira?«

»Nein, kleiner Bruder! Das sind nur Tränen, wie die Menschen sie haben. Und nun weiß ich, daß du ein Mann bist und nicht mehr ein Kind. Der Dschungel ist dir in Zukunft verschlossen... Laß sie rinnen, mein Mogli, es sind nur Tränen!«

So saß Mogli und weinte und schluchzte, als wollte das Herz ihm brechen – weinte zum erstenmal in seinem Leben.

»Jetzt«, sprach er, »jetzt will ich zu den Menschen gehen! Aber erst muß ich Abschied nehmen von meiner Mutter!«

Und er lief zur Höhle, wo seine alte Mutter mit dem grauhaarigen Vater noch immer wohnte, und er weinte, weinte an ihrem Halse, während seine vier Brüder jämmerlich heulten.

»Ihr vergeßt mich nicht?«, fragte Mogli.

»Niemals, solange wir noch einer Spur folgen können!«, sagten die Brüder. »Komm zu dem Fuß der Hügel, wenn du bei den Menschen wohnst, und wir werden mit dir sprechen und bei Nacht mit dir in den Feldern spielen!«

»Komm bald zu uns«, sagte Vater Wolf. »Oh, weiser, kleiner Frosch, du kehrst doch bald zurück? Denn wir beide sind alt, deine Mutter und ich!«

»Komme bald, mein kleiner, nackter Sohn!«, sagte Mutter Wolf. »Denn höre, du Menschenkind, ich liebte dich mehr als meine eigenen Jungen!«

»Gewiß! Ich kehre zurück, und wenn ich komme, dann wird es sein, um Shir Khans Fell auf dem Ratsfelsen auszuspannen! Vergeßt mich nicht, Mutter – Vater – Brüder –, sagt allen im Dschungel, sie sollen sich meiner erinnern!«

Die Morgendämmerung stieg im Osten auf, als Mogli einsam die Hügel hinabschritt zu den Rätselwesen – Menschen genannt.

Jagdgesang des Sioni-Rudels

Der Tag brach an, und der Sambar röhrt
Einmal – zweimal und wieder.
Eine Hindin sprang auf – eine Hindin sprang auf
Im tiefen Grunde am Wasserlauf –
Dies hab' ich auf einsamer Pirsch gehört
Einmal – zweimal und wieder.
Der Tag brach an, und der Sambar röhrt
Einmal – zweimal und wieder.
Und ein Wolf schlich zurück – und ein Wolf schlich zurück,
Dem Rudel zu künden von Beute und Glück.
Und wir bellten und suchten und fanden die Spur
Einmal – zweimal und wieder.
Der Tag brach an, und das Rudel heult auf
Einmal – zweimal und wieder.
Füße im Dschungel, spurlos und leis'
Aug', das im Dunkel zu sehen weiß!
Bleckender Fang und rasender Lauf!
Einmal – zweimal und wieder.

Kaas Jagdtanz

Es prunkt in hell schillernden Farben
der scheckige Leopard,
Stolz ist der mächtige Büffel
auf Hörner gewaltiger Art,
… Doch willst du als Jäger bestehen,
halt glänzend den eigenen Pelz,
Denn Jugendstärke verkündet
des prächtigen Felles Schmelz.
… Und schleudert der kämpfende Büffel
den Feind zur Wolke hinauf,
Und spießt der schnaubende Sambar
den Gegner in rasendem Lauf:
Das brauchst du uns nicht mehr zu melden,
wir wissen's aus uralter Zeit.
Verschone das fremde Junge
und füge ihm zu kein Leid.
Nein, grüß es als Schwester und Bruder,
auch wenn es noch wehrlos und klein,
Es könnte die starke Bärin
des Kleinen Mutter sein.
»Ich bin im Dschungel der Stärkste!«,
ruft prahlend ein junges Blut
Nach dem ersten errungenen Siege
in törichtem Übermut!
Doch groß ist der herrliche Dschungel,
und klein ist das prahlende Kind,
Bald wird es wachsen und wissen,
wer hier die Mächtigen sind.

Bis dahin laß es schwatzen,
wie es nun immer will,…
Bald fühlt es Zähne und Tatzen,
dann wird's von selber still.

Balous Lehrsätze

Was hier erzählt wird, geschah in der Zeit, bevor Mogli aus dem Sioni-Wolfspack ausgestoßen wurde und ehe er an Shir Khan, dem Tiger, Rache nahm.

Es war in den Tagen, als Balou das Menschenjunge das Gesetz des Dschungels lehrte. Der große, würdige alte Bär freute sich, einen so gelehrigen Schüler zu haben; denn junge Wölfe wollen nur so viel von dem Dschungelgesetz lernen, als unbedingt nötig ist für das eigene Rudel, und laufen von dannen, sobald sie den Jagdspruch hersagen können: »Füße, die geräuschlos traben, Augen, die im Dunkeln sehen, Ohren, die den Wind hören, Zähne, die wie Messer schneiden – das sind die Zeichen unserer Brüder; ausgeschlossen nur sind die Hyäne und Tabaqui, der Schakal, die verhaßten.«

Aber Mogli, das Menschenjunge, hatte ein ganz Teil mehr zu lernen. Manchmal kam Baghira, der schwarze Panther, durch das Dickicht geglitten, um zu sehen, was sein Liebling für Fortschritte mache, dann schnurrte er und rieb seinen Kopf an Moglis Knie, während der Knabe seine Aufgabe hersagte. Mogli war bald im Schwimmen, Klettern und Laufen Meister, der es in den Bäumen beinahe den Affen gleichtat und im Teiche mit den Fischen um die Wette schwamm. Darum lehrte ihn der weise Balou die Wasser- und Waldgesetze; er zeigte ihm, wie er dürre Äste von gesundem Holz unterscheiden konnte, wie er mit den wilden Bienen höflich sprechen müsse, wenn er ihrem Schwarm unversehens fünfzig Fuß über der Erde begegne, wie er sich zu entschuldigen habe, wenn er Mang, die Fledermaus, beim Mittagsschlaf störe, und wie er die Wasserschlangen benachrichtigen müsse, bevor er in die Sümpfe und Teiche hineinplatsche. Die Dschungelvölker haben es nicht gerne, daß man sie aus ihrer Ruhe aufschreckt, und stürzen sich leicht blindlings auf den Störenfried. Auch lernte Mogli den Jagdruf des Fremdlings, den man, falls man in fremden Gründen jagen will, so lange wiederholen muß, bis Antwort erschallt. Der Ruf lautet: »Laßt mich hier jagen, denn leer ist mein Magen.« Und die Antwort ist: »Jag, um den Hunger zu stillen – nicht um des Vergnügens willen!«

Ja, unendlich viel hatte Mogli zu lernen, und oftmals ermüdete es ihn, hundertmal den gleichen Spruch zu wiederholen. Das half ihm jedoch nichts, denn, wie Balou eines Tages zu Baghira sagte, als Mogli nach einer Züchtigung bockig davongerannt war: »Menschenjunges ist Menschenjunges, und alle Gesetze des Dschungels muß er lernen.«

»Aber bedenke doch, wie klein er ist!«, meinte der schwarze Panther, der – wäre es nur nach ihm gegangen – Mogli ganz und gar verzogen hätte. »Wie kann denn in seinem kleinen Kopfe für all dein langes Gerede Raum sein!«

»Klein? Ist im Dschungel irgend etwas zu klein, um getötet zu werden, wie? Darum lehre ich ihn alles das beizeiten, darum schlage ich ihn bisweilen – nur ein wenig und ganz sanft –, wenn er vergißt.«

»Sanft! Was verstehst du denn von Sanftheit, alter Eisenfuß!«, grollte Baghira. »Ganz braun und blau war sein Gesicht heute morgen – von deinem Sanftsein. Uff!«

»Besser, er hat jetzt ein paar blaue Flecke, als daß er später durch Unwissenheit zu Schaden kommt!«, antwortete Balou sehr ernst, »denn ich habe ihn lieb. Jetzt lehre ich ihn gerade die Meisterworte, Urworte der Völker des Dschungels, die ihm Schutz gewähren bei Vögeln und Schlangenvolk und bei allem, was vierfüßig auf dem Erdboden jagt. Wenn er die Worte behält, dann kann er bei allen Völkern der Dschungel Schutz und Hilfe heischen. Ist das nicht ein paar Schläge wert?«

»Na, paß nur auf, daß du das Menschenjunge nicht totschlägst. Er ist kein Baumstamm, an dem du deine stumpfen Krallen schärfen kannst. Übrigens, wie heißen denn deine prächtigen Meisterworte? Zwar bin ich gewöhnt, eher Hilfe zu gewähren, anstatt sie zu suchen«, Baghira reckte und streckte die Pranke und blickte voll Stolz auf die stahlblauen, eisenstarken Krallen – »doch möchte ich die Worte ganz gern kennen.«

»Ich werde Mogli rufen, er soll sie sprechen – das heißt, falls er will. Komm her, kleiner Bruder!«

»Mein Kopf brummt mir wie ein Bienenstock«, tönte eine mürrische Stimme über ihnen; gleich darauf raschelte es im Blattwerk, und Mogli glitt den Baumstamm herab. Er machte ein ärgerliches Gesicht und sagte trotzig: »Nur Baghira zuliebe komme ich und nicht deinetwegen, alter fetter Balou!«

»Das macht mir nichts«, sagte Balou, obgleich er sich gekränkt fühlte. »Sage also deinem Baghira die Meisterworte des Dschungels, die du heute gelernt hast!«

»Meisterworte welches Volkes?«, fragte Mogli, im Grunde froh, sein Wissen zeigen zu können. »Viele Sprachen hat die Dschungel. Ich weiß sie alle.«

»Ein paar weißt du, aber längst nicht alle. Da siehst du wieder, Baghira, wie wenig ein Lehrer Dank erntet. Noch nie ist einer der Wölflinge zurückgekommen, um mir ein Wort des Dankes zu sagen. Brrr! Und nun sage uns mal, du großer Gelehrter, wie heißt der Spruch, der allgemeine Jagdspruch?«

»Du und ich, und ich und du, wir sind vom gleichen Blute«, gab Mogli die Worte in der Bärensprache, die alle Jagdvölker benutzen.

»Gut«, sagte Balou. »Nun das Vogelwort!«

Mogli wiederholte den Spruch und schloß mit dem hohlen, langgezogenen Pfiff des Geiers.

»Jetzt das Wort der Schlangenvölker«, sagte Baghira.

Die Antwort war ein unbeschreibliches, scharfes Zischen. Dann schlug Mogli ein Rad vor Freude, klatschte sich selbst Beifall, sprang auf Baghiras Rücken und trommelte mit den Beinen gegen das glänzende Fell, während er seinem Lehrer die fürchterlichsten Grimassen schnitt.

»Das ist schon ein paar blaue Flecke wert«, sagte der Bär, zärtlich schmunzelnd. »Du wirst mir schon einmal dafür danken, mein kleiner Bruder!« Und damit wandte er sich zu Baghira und erzählte ihm, wie er Hathi, den wilden Elefanten, gebeten habe, ihm die Meisterworte zu verraten – denn Hathi weiß alles; und wie dann Hathi Mogli selbst mit nach dem Sumpf genommen habe, um das Schlangenwort von den Wasserschlangen zu erfahren, denn das vermochte Balou nicht auszusprechen. Und nun wäre Mogli gegen alles Unglück im Dschungel gefeit, da weder Schlangen noch Vögel noch Raubtiere ihm etwas anhaben könnten.

»Keinen also hat er mehr zu fürchten«, schloß Balou seinen Bericht, sich stolz auf den pelzigen Bauch klatschend.

»Sein eigenes Volk ausgenommen«, brummte Baghira leise und dann laut zu Mogli: »Meine Rippen! Du schlägst sie mir ja kaputt, kleiner Bruder. Was soll denn das Herumgetanze immerwährend?«

Mogli hatte versucht, die Aufmerksamkeit der beiden Freunde auf sich zu lenken, deshalb zauste er kräftig Baghiras haariges Fell und trommelte ihm mit den Füßen gegen die Rippen. Als sie endlich hörten, rief er aus vollem Halse: »Und ich werde einmal mein eigenes Volk für mich haben, jawohl, und werde es von morgens bis abends durch die Baumstraßen führen!«

»Was ist denn das wieder für eine Dummheit, du Traumhans?«, fragte Baghira.

»Jawohl! Und dann werde ich Äste und sonst noch allerlei auf den alten Balou hinabwerfen. Das haben sie mir versprochen! Jawohl!«

»Wuf!«, Balous große Tatze fegte Mogli von Baghiras Rücken; und als der Knabe zwischen den Vordertatzen des Panthers lag, konnte er sehen, daß sein Lehrer ergrimmt war.

»Mogli!«, brummte Balou, »du hast mit den Bandar-log gesprochen, dem Affenvolke!«

Mogli schielte zu Baghira hinauf, um zu sehen, ob auch der Panther ärgerlich war, und Baghiras Augen blickten grünlich und hart wie Jadestein.

»Was? Bei den Affen bist du gewesen? Bei den grauen Narren – den Leuten ohne Gesetz – den Allesfressern? Oh, Schmach und Schande!«

»Als Balou mich das letztemal schlug«, sagte Mogli, immer noch auf dem Rücken liegend, »bin ich fortgerannt, und die Affen kamen von den Bäumen und hatten Mitleid mit mir. Niemand sonst hatte es.« Seine Stimme war unsicher.

»Mitleid bei den Affen!«, schnarrte Balou. »Sprich lieber von der Stille des reißenden Bergbaches, der Kälte der glühenden Sommersonne. Und was geschah dann, Menschenjunges?«

»Und dann, und dann gaben sie mir Nüsse und allerlei schöne Dinge zu essen, und sie... sie trugen mich in ihren Armen in die höchsten Wipfel und sagten, ich sei ihr Blutsverwandter – nur der Schwanz fehle mir, und eines Tages würde ich ihr Führer sein.«

»Sie sind stets führerlos«, rief Baghira. »Sie lügen. Immer haben sie gelogen.«

»Sehr gut waren sie zu mir und baten mich, wiederzukommen. Warum habt ihr mich nie zu dem Affenvolk gebracht? Aufrecht stehen sie auf den Füßen wie ich. Sie schlagen nicht mit harten Pranken. Sie spielen den ganzen Tag. Laßt mich auf! Böser, alter Balou, laß mich aufstehen! Ich will zu ihnen und mit ihnen spielen!«

»Höre, Menschenjunges«, sagte der Bär, und seine Stimme grollte wie Donner in schwüler Nacht. »Ich lehrte dich die Gesetze aller Völker im Dschungel, mit Ausnahme des Affenvolkes, das in den Bäumen haust. Ihr Volk hat kein Gesetz; rechtlos sind sie. Nicht einmal eine eigene Sprache haben sie, sondern stehlen sich Wörter von anderen, deren Gespräche sie belauschen. Nein – ihre Art ist nicht unsere Art. Führerlos sind sie und denken nur an den Augenblick. Sie prahlen und schwatzen und machen Geschrei, daß sie ein mächtiges Volk wären und bald Großes vollführen würden im Dschungel; wenn aber Nüsse fallen, dann ist alles vergessen, sie kichern und toben. Wir aus dem Dschungel haben nichts mit ihnen gemein. Wir trinken nicht, wo Affen trinken, wir meiden die Plätze, wo Affen hinkommen, wir jagen nicht, wo sie jagen, wir sterben nicht, wo sie sterben. Hast du mich jemals bis heute von den Bandar-log sprechen hören?«

»Nein!« flüsterte Mogli – denn Schweigen herrschte im Walde, als Balou verstummte.

»Die Dschungelleute sprechen nicht von ihnen und halten es nicht für der Mühe wert, an sie zu denken. Zahlreich sind sie, diese Affen, böse, schamlos, schmutzig, und ihr einziger Wunsch ist – falls sie überhaupt einen bestimmten Wunsch haben –, von den Dschungelvölkern bemerkt zu werden. Aber wir beachten sie nicht, nicht einmal, wenn sie Nüsse und Unrat auf unsere Köpfe herabwerfen.«

Kaum hatte er geendet, als ein wahrer Regen von Nüssen und Zweigen aus den Bäumen herabprasselte. Man hörte heiseres, ärgerliches Bellen und Husten und Umherspringen hoch oben in den Wipfeln.

»Die Affenvölker sind ausgestoßen aus dem Verkehr der Bewohner des Dschungels!«, sagte Balou. »Ausgestoßen! Hörst du? Und denke daran! Denke daran!«

»Ausgestoßen!«, echote Baghira. »Aber dennoch scheint es mir, Balou hätte dich beizeiten vor ihnen warnen sollen!«

»Ich? Warum? Wie konnte ich ahnen, daß er sich mit solchem Schmutz abgeben würde? Affenvölker! Pfui!«

Ein neuer Schauer kam auf sie herabgehagelt, und die beiden nahmen Mogli in die Mitte und trabten mit ihm davon.

Was Balou von den Affen erzählte, war durchaus richtig. Sie hausten in den Baumwipfeln, und da Tiere selten ihren Blick nach oben erheben, lag keine Notwendigkeit für die Dschungelvölker vor, mit den Affen in Berührung zu kommen. Aber sobald die Affen einmal einen kranken Wolf oder einen verwundeten Tiger aufspüren, kommen sie sogleich in Scharen herbeigesprungen und quälen den Wehrlosen. Und auf alles Getier im Dschungel werfen sie Nüsse und Zweige herab, nur um sich zu belustigen oder um sich bemerkbar zu machen. Dann heulen und kreischen sie sinnlose Gesänge und fordern die Dschungelvölker spöttisch auf, zu ihnen auf die Bäume zu kommen und mit ihnen zu kämpfen. Oder sie beginnen um nichts und wieder nichts wütende Schlachten untereinander, und ihre Toten lassen sie offen liegen, damit die Völker des Dschungels sie sehen können. Immer haben sie die Absicht, sich einen Führer zu wählen und sich eigene Gesetze und Sitten zu schaffen – aber niemals kommt es soweit, denn ihr Gedächtnis reicht nicht über den Tag hinaus. So täuschen sie sich darüber hinweg und versichern sich gegenseitig: »Was die Bandar-log heute denken, wird der ganze Dschungel morgen nachbeten!«, und das tröstet sie sehr. Kein anderes Tier vermag sie in ihren Behausungen zu erreichen, aber dafür schenkt auch niemand ihnen die geringste Beachtung, und deshalb waren sie so erfreut, als Mogli sie aufsuchte, um mit ihnen zu spielen.

Mehr wollten sie nicht, wie sie überhaupt nie etwas Bestimmtes wollten. Aber diesmal kam einer von ihnen auf eine, wie er meinte, glänzende Idee und verkündete sie gleich allen, daß nämlich Mogli sehr nützlich für den Stamm werden könnte, denn er verstünde Zweige zusammenzuflechten als Schutz gegen den Wind, und wenn man ihn einfinge und behielte, dann könnte er sie darin unterrichten.

Mogli besaß als Sohn eines Holzfällers vererbte Instinkte aller Art, und er hatte sich oft damit vergnügt, aus Zweigen und Buschwerk kleine Hütten aufzubauen, ohne zu wissen, warum er das tat und woher er diese Fertigkeit besaß. Die Affen hatten seinem kindlichen Spiele von den Bäumen aus zugesehen und hielten es für etwas ganz Wunderbares. Diesmal – so sagten sie – wollten sie sich wirklich einen Führer wählen, und dann würden sie das klügste Volk des Dschungels werden, von allen beachtet und beneidet. Daher folgten sie vorsichtig und geräuschlos Balou, Baghira und dem Knaben durch den Dschungel, bis die Zeit der Mittagsruhe herankam. Mogli hatte sich sehr geschämt und beschlossen, sich nie mehr mit dem Affenvolk abzugeben, und nun legte er sich zwischen Bär und Panther schlafen.

Tief war sein Schlaf. Da fühlte er sich plötzlich an Armen und Beinen von kleinen, harten Händen ergriffen; er glaubte zu träumen – aber schon fuhren ihm die Zweige ins Gesicht, und die Blätter schlugen ihm rauschend um die Ohren. Erschrocken starrte er hinab durch die schwingenden Äste auf die Erde und sah, wie Baghira mit gefletschten Zähnen an dem Baumstamm hochkletterte, während Balou den schlaftrunkenen Dschungel mit lautem Gebrüll weckte. Die Bandar-log heulten triumphierend und eilten hinauf in die höchsten Kronen, wohin Baghira nicht zu folgten wagte. Von dort krähten sie hernieder: »Er hat uns bemerkt! Baghira hat uns beachtet! Alles Dschungelvolk bewundert uns nun ob unserer Schläue und Geschicklichkeit!« Dann machten sie sich auf die Flucht, und so eine Flucht der Affenvölker durch das Baumland ist einfach nicht zu beschreiben. Sie haben ihre regelrechten Straßen und Kreuzwege, gipfelauf und gipfelab, immer fünfzig bis hundert Fuß über der Erde, und auch bei Nacht können sie über die Hochwege wandern. Zwei der stärksten Affen griffen Mogli unter die Arme, und fort ging es in mächtigen Sprüngen über zwanzig Fuß breite Abgründe. Wären sie unbehindert gewesen, so hätten sie zweimal so schnell davoneilen können, doch das Gewicht des Knaben hielt sie zurück. Mogli schwindelte der Kopf, und dennoch genoß er unwillkürlich den rasenden Flug durch die Baumwipfel – er hatte bisher das Gefühl der Furcht nicht gekannt, als er aber jetzt die Erde tief unter sich liegen sah und als die Äste nach jedem Satze mit furchtbarer Gewalt schwankten und ausschlugen, da wurde ihm seltsam zumute, und das Herz pochte ihm, als wolle es aus der Brust herausspringen. Hinauf zur Baumkrone ging es, bis die dünnen Zweige sich krächzend bogen, dann warfen sich seine Begleiter in den leeren Raum unter ihnen und hingen im nächsten Augenblick an den stärkeren Zweigen des nächsten Baumes. Manchmal konnte Mogli meilen- und meilenweit den ruhig daliegende grünen Dschungel übersehen, als ob er mitten im Ozean auf dem höchsten Maste eines Schiffes säße, dann aber schlugen ihm wieder die Zweige ins Gesicht, und wieder war er mit seinen beiden Begleitern fast auf dem Boden angelangt. Springend, rutschend, bellend und heulend – so stürzte der ganze Stamm der Bandar-log vorwärts durch die Baumstraßen mit Mogli, ihrem Gefangenen.

Zuerst hatte er Angst, daß er fallen würde – dann wurde er zornig, war aber zu klug, um sich während dieser schwindelnden Flucht zu wehren. Schließlich begann er über seine Lage nachzudenken. Vor allen Dingen mußte er Balou und Baghira Nachricht senden, denn bei der ungeheuren Schnelligkeit der Flucht waren diese weit zurückgeblieben. Mogli sah zuerst zur Erde nieder, als ob er von dort Hilfe erwartete – aber Bäume, Sträucher, ganze Landschaften glitten wie im Fluge an seinen Augen vorüber, so daß er nichts Bestimmtes zu unterscheiden vermochte. Wie er dann aber aufblickte, sah er hoch oben im Äther Tschil, den Geier, der in der Luft schwebte und sich wiegte und Wache hielt über den Dschungel, lauernd auf den Tod der Geschöpfe da unten. Tschil bemerkte, daß die Affen etwas davontrugen. Ob es da etwas für ihn gab? Vor Überraschung stieß er einen langen Pfiff aus, als er sah, wie Mogli in die höchste Spitze einer Palme gezerrt wurde. Da tönte Moglis Hilferuf zu ihm auf: »Du und ich und ich und du, wir sind vom gleichen Blute!« Im nächsten Augenblick schlossen sich die dichten Zweige wie Meereswogen über den Flüchtlingen. Tschil schoß mit ein paar Schlägen der mächtigen Flügel vorwärts und stand über dem nächsten Baumwipfel, gerade als das kleine braune Gesicht wieder auftauchte.

»Halte meine Fährte!«, rief Mogli ihm zu. »Berichte Balou vom Sionirudel und Baghira, dem Panther!«

»Und von wem kommt die Botschaft, Bruder?«

Tschil hatte Mogli noch nie gesehen, obgleich er natürlich viel von ihm gehört hatte.

»Ich bin Mogli, der Frosch. Menschenjunges nennt man mich. Folge meiner Fährte!«

Er gellte diese letzten Worte mitten in einem ungeheuren Sprunge durch den leeren Raum. Tschil nickte und flog auf und stieg, bis er nicht größer aussah als ein schwarzer Punkt. Dort hing er im Äther und beobachtete mit seinen scharfen Augen das Wogen der Bäume, in denen Moglis Begleiter dahinjagten.

»Weit geht ihre Reise nie«, lachte Tschil spöttisch. »Sie vollenden nie, was sie begannen! Immer greifen sie nach etwas Neuem, diese Bandar-log. Aber diesmal, scheint mir, werden sie sich die Pfoten verbrennen; denn mit Balou ist nicht zu spaßen, und Baghira kann mehr als Ziegen würgen, das weiß ich.«

So segelte er auf mächtigen Schwingen, die Fänge dicht an den Körper gezogen, und wartete ab.

Mittlerweile stand es schlimm mit Balou und Baghira. Sie rasten vor Wut und Kummer. Baghira kletterte wie niemals vorher; doch die dünnen Zweige brachen unter seiner Last, und er glitt zur Erde, die Krallen voller Borke.

»Warum hast du ihn nicht gewarnt, das Menschenjunge?!«, brüllte er den armen Balou an, der immer noch hoffte, mit seinem plumpen Trabe die Affen einzuholen. »Warum ihn prügeln und halbtot schlagen, anstatt ihn beizeiten zu warnen!«

»Schnell! Schnell nur! Vielleicht… vielleicht erwischen wir sie noch«, keuchte Balou.

»Mit deinem Zotteltrab könntest du nicht einmal eine angeschweißte Kuh erwischen, Knabenprügler, wenn du noch eine Weile so fortwackelst, dann platzt dir am Ende der Bauch. Setze dich lieber hin und denke nach. Mache einen Plan! Hinterherlaufen hat keinen Sinn. Kann sein, sie lassen ihn fallen, wenn wir ihnen zu nahe kommen.«

»Urrula! Whua! Vielleicht sind sie jetzt schon seiner müde geworden und haben ihn zur Erde geworfen! Wer kann den Bandar-log trauen? Bedecke meinen Kopf mit toten Fledermäusen! Gib mir alte Knochen zu fressen! Rolle mich in die Waben der wilden Bienen, daß sie mich zu Tode stechen, und begrabe mich mit der Hyäne, denn ich bin der elendeste aller Bären! Urrula! Whua! O Mogli! Mogli! Warum habe ich dich nicht vor dem Affenvolke gewarnt, anstatt dir den Kopf zu zerschlagen? Ach, vielleicht habe ich ihm alles herausgeprügelt, was er gelernt hat, und nun weiß er nicht mehr die Meisterworte und kann sich nicht helfen im Dschungel!«

Verzweifelt schlug sich Balou die Pranken gegen die Ohren, rollte hin und her und stöhnte jämmerlich.

»Ach was! Er hat mir noch vor kurzem alle Meistersprüche richtig hergesagt!«, knurrte Baghira ungeduldig. »Balou, erinnere dich daran, was du dir selbst schuldig bist. Hast du denn alle Selbstachtung verloren? Was würde der Dschungel dazu sagen, wollte ich, der schwarze Panther, mich wie Ikki, das Stachelschwein, zusammenrollen und heulen?«

»Was schert mich der Dschungel! Ach Mogli, mein Frosch… vielleicht ist er jetzt schon tot.«

»Mir ist nicht weiter bange um das Menschenjunge, sofern sie ihn nicht etwa rein zum Spaß fallen lassen oder ihn aus Langeweile töten, weil sie nichts Gescheiteres zu tun wissen. Mogli ist klug und gewandt, und vor allem hat er Augen, vor denen die Dschungelvölker zittern. Eins nur ist schlimm: Die Bandar-log haben ihn in ihrer Gewalt, und sie fürchten unsere Völker nicht, weil sie in den Bäumen leben.« Baghira leckte gedankenvoll eine Vorderpfote.

»Ach, ein Narr bin ich! Ein fetter, brauner, wurzelfressender Narr!«, rief Balou und setzte sich aufrecht. »Wahr ist, was Hathi sagte, der wilde Elefant: ›Niemand ist ohne Feind‹; und sie, die Bandar-log, fürchten Kaa, die Riesenschlange! Kaa klettert so gut wie sie; er raubte des Nachts ihre Jungen. Beim bloßen Klange seines Namens erschauern sie. Komm – wir müssen zu Kaa!«

»Was wird er viel für uns tun. Er gehört nicht zu unserer Sippe, da er fußlos ist – und den bösen Blick hat er«, meinte Baghira.

»Sehr alt ist er und sehr verschlagen. Und vor allem hat er ewig Hunger«, antwortete Balou hoffnungsvoll. »Versprich ihm recht viele Ziegen.«

»Einen ganzen Monat lang liegt er und schläft, hat er sich einmal vollgefressen. Vielleicht hält er gerade jetzt seinen Schlaf. Aber selbst angenommen, daß er wach ist… meinst du nicht, er würde es am Ende vorziehen, sich seine Ziegen selbst zu würgen?«, Baghira, der nur wenig von Kaa wußte, war mißtrauisch.

»In diesem Falle könnten zwei alte Jäger, wie wir, ihn vielleicht auf eine gute Fährte bringen.« Hier rieb Balou seine verblichene braune Schulter gegen den Panther, und beide machten sich auf den Weg zu Kaa, dem Felsenpython.

Sie fanden ihn auf einem warmen Hang in der Nachmittagssonne ausgestreckt liegen, sein neues schmuckes Kleid bewundernd. Denn die letzten zehn Tage hatte er in Zurückgezogenheit gelebt und seine Haut gewechselt. Nun erstrahlte er in neuem Glanz, schob seinen stumpfnasigen langen Leib in phantastischen Kreisen, Knoten und Verschlingungen und leckte die Lippen mit der gespaltenen Zunge in Erwartung der kommenden Mahlzeit.

»Er hat noch nicht gefressen«, grunzte Balou erleichtert, sobald er das prächtige braun und gelb gesprenkelte Kleid sah. »Sei vorsichtig, Baghira, er ist immer ein wenig blind nach dem Häuten und stets bereit, auf bloßen Verdacht hin zuzustoßen!«

Kaa war keine Giftschlange – vielmehr verachtete er die Giftschlangen als feige Brut. Seine Stärke lag in dem ungeheuren Körper, mit dem er sein Opfer umklammerte. Wer einmal in diese Umzingelung geriet, nun, über den war nicht mehr viel zu berichten.

»Gute Jagd!«, rief Balou und ließ sich in gemessener Entfernung auf die Hinterbeine nieder.

Kaa war, wie alle Schlangen seines Stammes, etwas taub und hörte zuerst den Jagdgruß nicht. Dann aber rollte er sich blitzschnell zusammen, den Kopf gesenkt, zum Kampf bereit.

»Sssss! Wer ist's?«, zischte er. »Ah, Balou! Was bringt dich hierher? Jagdheil, Baghira! Gute Jagd uns allen! Eins weiß ich! Sssss! Zum mindesten einer von uns dreien ist hungrig. Ist Wild in der Nähe? Eine Ricke vielleicht oder auch ein junger Bock? Sagt schnell. Leer und hohl bin ich wie ein ausgetrockneter Brunnen.«

»Wir sind auf der Pirsch!«, meinte Balou leichthin. Er wußte, es lohnte sich nicht, Kaa zu drängen. Kaa war zu stark.

»Soso! Erlaubt, daß ich mit euch komme!«, sagte Kaa. »Ein Schlag mehr oder weniger macht dir nichts aus, Baghira oder Balou, aber ich – ich muß tage- und monatelang auf der Lauer liegen und muß eine halbe Nacht lang herumklettern, um bei gutem Glück einen jungen Affen zu erhaschen. Psshan! Die Äste sind heutzutage nicht mehr, was sie in meiner Jugend waren. Dürres Zeug, trockene Stengel überall!«

»Vielleicht liegt das auch ein wenig an deinem großen Gewicht«, meinte Balou.

»Es läßt sich nicht leugnen – ich habe eine stattliche Länge«, antwortete Kaa ein wenig stolz. »Dennoch, glaube ich, liegt es im Grunde an dem neugewachsenen Holz. Als ich das letztemal jagte, war ich nahe daran, zu fallen – sehr nahe daran; mein Schwanz war nicht fest verankert am Stamm, und als ich rutschte und glitt, scheuchte der Lärm die Bandarlog hoch. Und mit den gemeinsten Worten hat es mich geschmäht, das Affengesindel.«

»Fußloser gelber Regenwurm«, schnurrte Baghira in die Borsten seines Bartes, als ob er versuche, sich zu erinnern.

»Sssss! Haben sie mich so genannt?«, zischte Kaa.

»Fußloser gelber Regenwurm oder so ähnlich, so riefen sie beim letzten Vollmond zu uns herab, aber wir schenkten ihnen keine Beachtung. Allerlei schwatzten sie, die Bandarlog – sie sagten sogar, daß du zahnlos seist, großer Kaa, und dich daher höchstens an ein schwaches Zicklein heranwagst, weil du – wirklich, diese Badar-log sind unglaublich frech und schamlos – weil du Angst hättest vor den Hörnern des Bocks.« Baghiras Stimme klang wie süßer Honig.

Eine Schlange, besonders ein würdiger, alter Python, läßt sich selten den Ärger anmerken, doch diesmal konnten Balou und Baghira sehen, wie die großen Schlingmuskeln an beiden Seiten von Kaas Rachen auf und ab wogten.

»Die Bandar-log haben sich auf die Wanderschaft gemacht«, sagte er mit erzwungen ruhiger Stimme, aber hie und da zitterte sie doch ein wenig. »Als ich mich heute in die Sonne legte, hörte ich sie in den Baumwipfeln lärmen!«

»Den – den Bandar-log spüren wir jetzt gerade nach«, sagte Balou, aber die Worte blieben ihm fast in der Kehle stecken, denn es war seines Wissens zum erstenmal, daß einer vom Dschungelvolk offen zugab, den Affen irgendwelche Beachtung zu schenken.

»Das muß allerdings etwas ganz Außergewöhnliches sein, das zwei so große Jäger – Führer im Dschungel, ohne Frage – auf die Fährte der Bandar-log treibt!«, antwortete Kaa höflich, aber gebläht vor Neugier.

»Was mich betrifft, so muß ich leider gestehen, ich bin nichts als der alte und manchmal recht törichte Lehrer der jungen Sioniwölfe ... und Baghira hier – –«

»Ist und bleibt Baghira!«, unterbrach der schwarze Panther, und seine furchtbaren Kiefern schnappten stählern ein, denn er spielte nicht gern den Demütigen. »Höre, Kaa, jene Nußknacker und Taugenichtse haben unser Menschenjunges gestohlen, von dem du wohl schon gehört hast.«

»Hm – ja! Ich habe etwas läuten hören von einem Menschenjungen, das sie in einem Wolfsrudel aufnahmen. Ikki erzählte mir davon, das Stachelschwein, ich wollte es aber nicht glauben. Ikki tut sich immer dick mit Neuigkeiten, die er nur halb verstanden hat und dann unrichtig ausposaunt.«

»Aber es ist wahr. Ein so prächtiges Menschenjunges hat es noch nie gegeben«, sagte Balou. »Es ist das beste und klügste und mutigste von allen Menschenjungen, mein eigener Zögling, der Balous Namen berühmt machen wird im Dschungel weit und breit; und im übrigen liebe ich – lieben wir ihn, Kaa.«

»Tss! Tss!«, machte Kaa, den Kopf hin und her wiegend. »Auch ich habe einmal gewußt, was Liebe ist. Ssss! Ich könnte euch Geschichten erzählen ....«

»Ein andermal. Mit leerem Magen vermögen wir nicht, sie genügend zu würdigen!«, sagte Baghira schnell. »Unser Menschenjunges ist jetzt in den Händen der Bandar-log. Wir aber wissen, daß sie von allen Wesen im Dschungel Kaa allein fürchten.«

»Ja, nur mich fürchten sie und haben guten Grund«, sagte Kaa. »Schwätzer, Narren, Gecken – Gecken, Narren, Schwätzer – das sind diese Affen. Aber so ein Menschending in ihren dummen Händen – das ist allerdings eine böse Sache. Sie werden überdrüssig der Nüsse, die sie pflücken, und werfen sie weg. Zweige schleppen sie halbe Tage hindurch mit sich herum, in der Absicht, wer weiß was für große Dinge damit zu verrichten – zerknicken sie dann und lassen sie liegen. Wahrhaftig, dieses Menschending ist nicht zu beneiden. Und sie haben mich – was war es doch gleich? – gelber Fisch genannt, nicht wahr?«

»Wurm – Regenwurm – gelben Regenwurm«, verbesserte Baghira, »und noch vieles andere sagten sie, das man sich schämen muß zu wiederholen.«

»Nun gut, wir müssen ihnen einen Denkzettel geben, so daß sie in Zukunft von ihrem Herrn und Meister mit Achtung reden! Aaa-ssp! Wir müssen ihrem Gedächtnis etwas nachhelfen! Wohin, sagst du, haben sie das Junge geschleppt?«

»Der Dschungel allein weiß es. Gegen Sonnenuntergang, glaube ich«, erwiderte Balou. »Wir dachten, du könntest uns Auskunft geben, Kaa!«

»Ich? Wieso? Ich verspeise sie, wenn sie mir in den Weg kommen, aber ich schleiche ihnen nicht nach, diesen Bandarlog, diesen Kaulquappen, dieser übelriechenden Sumpfpest. Hssss!«

»Hoch, hoch! Hoch, hoch! Hillo, illo, illo! Sieh doch, Balou vom Sionirudel!«

Balou wandte den Blick aufwärts, um auszumachen, woher die Stimme kam – und dort oben schoß Tschil, der Geier, aus dem Äther herab, und seine Schwingen flammten im Abendlicht. Es war schon fast die Stunde für Tschil, zur Ruhe zu gehen; aber weit war er gesegelt über den Dschungel und hatte den Bären lange vergeblich im Dickicht gesucht.

»Was gibt's?«, fragte Balou.

»Ich habe Mogli bei den Bandar-log gesehen. Er bat mich, euch Botschaft zu bringen. Ich folgte ihnen. Sie haben ihn zur Affenstadt geschleppt, den ›Cold Lairs‹, auf der anderen Seite des Flusses. Vielleicht bleiben sie dort eine Nacht oder zehn Nächte oder auch nur eine Stunde. Ich habe den Fledermäusen aufgetragen, während der Dunkelheit Wache zu halten. Das ist alles. Jagdheil euch allen dort unten!«

»Vollen Magen und guten Schlaf wünsche ich dir, Tschil!«, rief Baghira. »Ich werde deiner gedenken bei der nächsten Jagd und den Kopf ganz allein für dich zurücklegen, du bester aller Geier!«

»Keine Ursache – durchaus keine Ursache – das Menschending wußte das Meisterwort – ich tat nur meine Pflicht«, und Tschil kreiste empor, hin zum felsigen Horst.

»Das lobe ich mir!«, lachte Balou stolz. »Er hat den Kopf nicht verloren, der Prachtkerl! So jung er ist, hat er das Vogelwort nicht vergessen – und dabei noch auf der wilden Jagd durch die Baumwipfel.«

»Nachdrücklich genug ist es ihm eingetrichtert worden«, knurrte Baghira. »Aber stolz bin ich auf ihn, und nun fort, so schnell wie möglich, zur Affenstadt!«

Sie alle wußten von diesem Ort, doch nur wenige Dschungelleute waren jemals dort gewesen; denn »Cold Lairs«, wie sie es nannten, war eine alte verlassene Stadt, verfallen und halb begraben unter dem Dschungel, und zumeist meiden die Tiere der Wildnis den Ort, wo Menschen hausten. Nur das Wildschwein liebt es, in den Ruinen herumzuwühlen. Außerdem lebten die Affen dort, soweit man bei ihnen überhaupt von einem Wohnort sprechen konnte, und kein Tier, das Selbstachtung besaß, kam diesem verachteten Platz nahe – nur in Zeiten der Dürre schlichen sie unwillig herbei, wenn sich in den verfallenen Zisternen noch ein wenig fauliges Wasser gehalten hatte.

»Eine halbe Nacht brauchen wir dorthin, wenn wir auch noch so eilen«, sagte Baghira; und Balou machte ein ernstes Gesicht: »Ich werde traben, was ich kann«, meinte er bekümmert.

»Wir können nicht auf dich warten, Balou. Du mußt nachkommen. Wir müssen fort, so schnell wir laufen können – Kaa und ich!«

»Was, laufen!«, spottete Kaa. »Habe ich auch keine Füße, so nehme ich's in der Schnelligkeit noch mit euch allen auf.«

Und damit machten sie sich auf den Weg. Balou tat sein Bestes, Schritt zu halten; aber bald mußte er schnaufend und nach Atem ringend sich niedersetzen, um auszuruhen. Sie ließen ihn zurück. Baghira eilte davon in dem geschwinden Panthergalopp. Aber so schnell er auch lief, der riesige Körper der Python blieb, lautlos dahingleitend, stets an seiner Seite. Kamen sie an einen Gebirgsbach, war Baghira im Vorteil, denn mit mächtigem Satz sprang er darüber hinweg, während Kaa die quirlenden Wasser durchschwimmen mußte – aber schon im nächsten Augenblick sah er den breiten Kopf mit der spitzen Zunge wieder an seiner Seite.

»Beim gesprengten Schloß, das mich befreite«, keuchte Baghira, als die Dämmerung hereinbrach. »Ein schlechter Läufer bist du nicht.«

»Hungrig bin ich!«, sagte Kaa. »Und sie nannten mich gesprenkelten Frosch!«

»Regenwurm – gelben, kriechenden Regenwurm.«

»Das kommt auf eins heraus! Vorwärts! Kannst du nicht schneller?«, Und Kaa glitt dahin wie der Blitz, und er fand dabei stets mit sicherem Auge den kürzesten Weg.

In »Cold Lairs« vergaß das Affenvolk ganz, daß Mogli mächtige Freunde besaß. Sie hatten den Knaben in die verlorene Stadt geschleift und waren nun für den Augenblick sehr mit sich zufrieden. Mogli hatte noch nie vorher eine indische Stadt gesehen, und wenn ringsum auch nur Schutt und

Trümmer waren, schien ihm doch alles herrlich und wunderbar. Irgendein König hatte die Stadt vor langer Zeit auf einem Hügel erbaut. Man sah noch die Spuren der mit Steinen gepflasterten Straßen, die bergan zu zerfallenen Toren führten, wo letzte Splitter morschen Holzes in rostigen Angeln hingen. Bäume waren aus den Ruinen emporgewachsen; die Wehrgänge waren eingestürzt, und Schlingpflanzen hingen in dichten Büscheln aus den hohlen Fenstern der Wachttürme.

Den Hügel krönte ein weiträumiger Palast ohne Dach; der Marmor der Höfe und Brunnen war gebrochen und von grünlichem Moos überdeckt, und selbst die schweren Steinplatten im Elefantenhof des Königs waren von Gräsern gespalten, von jungen Bäumen in Stücke gesprengt. Von der Höhe des Palastes aus blickte man auf Reihen über Reihen dachloser Häuser – sie bildeten einstmals die Stadt, jetzt aber lagen sie schweigend in Trümmern und sahen aus wie leere Bienenstöcke, von Dunkelheit erfüllt. Auf dem Marktplatz, wo die vier Straßen zusammentrafen, ragte die große kopflose Steinmasse des Götzenbildes, vor dem die Brahmanen einst kniend den Boden geküßt hatten. – Statt der Andächtigen füllten nun wilde Feigenbäume die zerfallenen Tempel; und an den Straßenecken, wo man sich einst an Brunnen und Zisternen zum Plaudern versammelte, sah man jetzt Wasserlachen, auf denen grüne Pflanzen wucherten.

Die Affen nannten diesen traurigen Ort ihre Stadt und gaben vor, die Dschungelvölker zu verachten, weil sie in Wäldern lebten. Und doch wußten sie nicht einmal, zu welchem Zweck man diese Bauten errichtet hatte und wie man sich ihrer bediente. Oft hockten sie im Ratssaal des Königs im Kreise beieinander, suchten sich die Flöhe ab und dünkten sich Menschen; oder sie jagten durch die dachlosen Häuser, häuften Steine und Ziegelstücke in den verlassenen Ecken auf und vergaßen gleich darauf, wo sie die Schätze versteckt hatten. Manchmal balgten sie sich in großen Haufen und bissen und kratzten sich gegenseitig, dann rollten sie wie lebendige Bälle umher, die in jedem Augenblicke die Gestalt veränderten und schreiend und brüllend zu Boden flogen und dann wieder hoch in die Luft sprangen, bis sie plötzlich aufbrachen und Hunderte von ihnen in alle Windrichtungen sandten. Oder sie jagten sich auf den Terrassen, schüttelten die Orangen- und Rosenbäume und jauchzten vor Vergnügen, wenn die Früchte und Blumen niederfielen. Sie guckten neugierig in alle Galerien und geheimen Gänge des Palastes – sie suchten in den hundert dunklen Räumen umher, aber sie erinnerten sich niemals, was sie schon gesehen und was sie noch nicht gesehen hatten. In dieser Weise trieben sie sich herum und erzählten sich gegenseitig, wie sehr sie doch in all ihrem Tun und Lassen den Menschen glichen. Sie tranken aus den Wasserlachen, und wenn sie mit ihrem Getobe das ganze Wasser trübe und schmutzig gemacht hatten, balgten sie sich untereinander; und zu guter Letzt tanzten sie und brüllten in den Wald hinaus: »Kein Volk im Dschungel ist so weise, so klug, so stark und so edel wie die Bandar-log!«

Und dann begannen sie ihr Spiel aufs neue, bis sie der Stadt überdrüssig wurden und wieder zu den Baumwipfeln zurückkehrten in der Hoffnung, endlich von den Dschungelvölkern beachtet zu werden.

Mogli, der unter den Gesetzen des Dschungels groß geworden war, konnte dieser Lebensart keinen Geschmack abgewinnen. Es war spät am Nachmittag, als die Affen ihn in die Stadt schleppten. Anstatt nun zur Ruhe zu gehen, wie Mogli es nach den Anstrengungen des Tages gerne getan hätte, reichten sie sich die Hände, tanzten Ringelreihen um ihn herum und plärrten törichte Lieder. Einer der Affen hielt eine große Rede und verkündete, daß Moglis Fang einen Wendepunkt in der Geschichte der Bandar-log bedeutete, denn Mogli werde ihnen zeigen, wie man zum Schutze gegen Wind und Wetter Zweige und Rohrhalme zusammenflechten könne. Die Rolle eines Lehrmeisters war etwas Neues für Mogli; schnell nahm er einige Schlingpflanzen und begann, sie ineinander zu flechten. Die Affen sahen ihm eine Weile zu, juckten sich und schnitten Gesichter, dann ahmten sie ihn nach; aber nach wenigen Augenblicken schon wurden sie der Sache müde, zogen sich gegenseitig an den Schwänzen und sprangen scheltend und schwatzend fort.

»Mich hungert«, sagte Mogli zu guter Letzt. »Ich bin ein Fremdling in diesem Teil des Dschungels. Bringt mir zu essen oder gebt mir die Jagd frei.«

Zwanzig, dreißig Affen stürzten sogleich davon, in der Absicht, ihm Nüsse oder wilde Melonen zu holen; aber unterwegs zankten sie sich und bissen sich, und als die Prügelei vorüber war, hatten sie vergessen, weshalb sie eigentlich ausgezogen waren. Mogli war wund am ganzen Körper und zornig, und als ihn nun noch der Hunger zu quälen begann, machte er sich auf, schweifte durch die Stadt und ließ von Zeit zu Zeit den Jagdruf des Fremdlings ertönen – aber alles blieb stumm, und Mogli begriff, daß er an einen ganz jämmerlichen Ort geraten war.

»Alles, was Balou mir von den Bandar-log erzählt hat, ist wirklich wahr«, dachte er bei sich selbst. »Sie haben kein Gesetz, keinen Jagdruf, keinen Führer – nichts als dumme Worte und kleine, rastlose Hände, mit denen sie nichts anderes tun können, als sich an den Haaren zu raufen und Flöhe zu fangen. Wenn ich hier Hungers sterbe und jämmerlich zugrunde gehe, ist es ganz und gar meine Schuld. Ich muß versuchen, in den Dschungel zurückzufinden. Balou wird mich prügeln, doch das ist besser, als mich weiter herumzutreiben mit diesen blöden Bandar-log.«

Kaum war er bis zur Stadtmauer gelangt, als die Affen ihn wieder einfingen. Sie sagten ihm, er wisse gar nicht, wie gut er es habe und kniffen ihn, um ihn dankbar zu stimmen. Mogli biß die Zähne zusammen und sagte kein Wort mehr; wohl oder übel ging er mit dem lärmenden Volk zu einer Terrasse oberhalb der roten Sandsteinzisternen, die halb mit Regenwasser angefüllt waren. In der Mitte der Terrasse stand ein verfallenes Sommerhaus aus weißem Marmor, erbaut für Königinnen, die schon seit mehr als hundert Jahren in der Erde ruhten. Das gewölbte Dach war zur Hälfte eingefallen und hatte den unterirdischen Gang zum Palast verschüttet, durch den einst die Königinnen geschritten waren. Aber die marmornen Mauern waren kunstvoll durchbrochen, meisterhaft ausgehauen zu milchweißem Filigran, eingelegt mit Achat, Karneol, Jaspis, Lapislazuli – und als der Mond aufstieg über dem Hügel, strömte sein bleiches Licht durch das silberne Netzwerk und warf Schatten auf den Boden, wie schwarze Stickerei auf silbernem Grunde.

Obschon Mogli jedes Glied am Körper schmerzte, obschon er müde und hungrig war, mußte er doch laut auflachen, als die Bandar-log – zwanzig auf einmal – begannen, ihm vorzupredigen, ein wie weises, großes, gutherziges Volk sie wären, und wie albern es von ihm sei, sie verlassen zu wollen. »Wir sind mächtig. Wir sind frei. Wir sind schlechthin großartig. Wir sind das herrlichste Volk im ganzen Dschungel. Wir alle sagen es, und deshalb muß es wahr sein! Und da du ein Neuling bist und unsere Botschaft den Dschungelleuten überbringen kannst, auf daß sie in Zukunft Achtung vor uns haben, so wollen wir dir alles genau vermelden von unserem großen Volke.«

Mogli entgegnete nichts; und die Affen umschwärmten ihn zu Hunderten auf der Terrasse, um den Lobpreisungen ihrer Sprecher zuzuhören, und sobald einer in der Rede innehielt, um Atem zu schöpfen, schrien sie alle zusammen: »Sehr richtig! Das ist ganz unsere Meinung.«

Mogli nickte, blinzelte und sagte »Ja!«, wenn sie ihn fragten. Aber ihm brummte der Kopf von dem schwirrenden Lärm. »Tabaqui, der Schakal, muß die ganze Gesellschaft gebissen haben«, sagte er zu sich. »Und nun sind sie alle verrückt geworden. Gewiß, das ist Tollwut! Gehen sie denn niemals schlafen? Ah, eine Wolke schiebt sich jetzt vor den Mond! Wenn sie doch groß genug wäre, daß er ganz dunkel würde, dann könnte ich vielleicht versuchen, davonzurennen! Ach, wie müde bin ich!«

Die gleiche Wolke wurde auch von zwei guten Freunden beobachtet, die in dem verschütteten Wallgraben am Rande der Stadt auf der Lauer lagen. Denn Baghira und Kaa wußten wohl, wie gefährlich das Affenvolk als Masse war, und wünschten nicht, den Ausgang des Unternehmens unnötig aufs Spiel zu setzen. Affen kämpfen niemals anders als hundert zu eins, und niemand setzt sich gerne solcher Ungleichheit aus.

»Ich werde mich zur Westmauer aufmachen«, flüsterte Kaa. »Von da kann ich rasch den Hang hinuntergleiten und leicht über sie herfallen. Bei mir wird es ihnen nicht gleich gelingen, sich zu Hunderten über mich zu werfen, aber du …«

»Ich weiß!«, unterbrach ihn Baghira. »Wäre doch Balou nur erst hier! Aber es hilft nichts, wir müssen tun, was sich eben tun läßt. Sobald die Wolke den Mond völlig verdeckt, springe ich auf die Terrasse. Anscheinend halten sie einen Rat über den Knaben.«

»Gute Jagd!«, züngelte Kaa grimmig und glitt fort zur westlichen Mauer. Dieser Teil der alten Stadtumwallung war zufällig noch am besten erhalten, und es dauerte eine ganze Weile, bis Kaa eine geeignete Stelle fand, um an dem Mauerwerk emporzuklettern.

Die Wolke verdeckte den Mond. Als Mogli sich eben verwundert fragte, was das nächste Narrenstück der Affen sein werde, vernahm sein scharfes Ohr Baghiras leichten Tritt auf der Terrasse. Der schwarze Panther war den Hügel fast geräuschlos hinaufgeschlichen, und nun stürzte er sich in den Knäuel der Affen, mit den mächtigen Tatzen rechts und links um sich schlagend, mit Kopf und Körper vorwärtsstoßend, ohne mit Beißen die Zeit zu vergeuden. Die eitlen Redner hielten plötzlich inne, und ein Schrei des Entsetzens und der Wut durchdrang die Reihen, die sich in dichten Knäueln um Mogli gelagert hatten. Da ertönte plötzlich eine Stimme: »Nur ein einziger ist es! Tötet ihn! Reißt ihn in Stücke!« Wie eine vom Sturm gepeitschte, zerreißende und sich wieder zusammenballende Wolke bedeckte eine schwarze Schar von Affen den sich rollenden Baghira – beißend, kratzend, keuchend. Fünf oder sechs packten Mogli, schleppten ihn auf die Mauer des Sommerhauses und stießen ihn durch das Loch des geborstenen Dachgewölbes. Ein unter Menschen groß gewordener Knabe hätte sich bei dem Falle wohl schwer verletzt, denn die Höhe betrug mehr als fünfzig Fuß. Mogli jedoch fiel kunstgerecht auf seine Füße, wie es ihn Balou gelehrt hatte.

»Dort bleibe, bis wir deine Freunde zerrissen haben!«, brüllten die Affen. »Später spielen wir wieder mit dir… das heißt, wenn die Giftvölker dich am Leben lassen.«

»Wir sind vom gleichen Blute, du und ich! Sssss!«, rief Mogli schnell, den Schlangenruf gebend. Rings um sich hörte er Rasseln, Klappern und Zischen, und schnell wiederholte er den Spruch ein zweites Mal, um ganz sicher zu gehen.

»In Ordnung! Nieder alle Hauben!«, zischte ein halbes Dutzend Stimmen. »Rege dich nicht, kleiner Bruder, damit du uns nicht verletzt mit deinen Füßen!« (Jede Ruine in Indien wird alsbald zum Wohnort der Schlangen, und in dem alten Lusthaus wimmelte es von Kobras.)

Mogli hielt sich reglos auf seinem Platze. Er lugte durch die Öffnungen in der Mauer und lauschte auf das wilde Getöse des Kampfes, der um den schwarzen Panther wogte – das Gellen, Heulen und Keifen, dazwischen Baghiras tiefes, heiseres Röhren, als er rückwärts drückte, sich wand, taumelte und verschwand unter dem Haufen der Feinde. Zum erstenmal seit seiner Geburt kämpfte Baghira um sein Leben.

Balou muß in der Nähe sein. Baghira würde nicht allein gekommen sein, dachte Mogli, und dann rief er mit lauter Stimme: »Zum Wasser, Baghira! Rolle dich ins Wasserbecken! Rolle dich und tauche! Zum Wasser!«

Baghira hörte, und die Gewißheit, daß Mogli in Sicherheit war, gab ihm neuen Mut. Mit der Kraft eines Verzweifelten bahnte er sich Zoll für Zoll den Weg zur Zisterne hin. Da tönte von den Mauertrümmern zunächst aus dem Dschungel der dumpfe Kampfesruf Balous. »Baghira« schrie er keuchend. »Hier bin ich! Halte nur aus! Jetzt klettere ich über die Mauer! Ich werde gleich bei dir sein. Ahuwora! Die Steine zerbröckeln mir unter den Füßen! Wartet nur, bis ich über euch komme, ihr dreimal verfluchten Bandar-log!«

Er keuchte mühsam die Terrasse hinauf – aber kaum hatte er sich gezeigt, als er in einer Wolke schrill heulender Affen verschwand. Er setzte sich auf die Hinterbeine und umfaßte mit den Vorderpranken so viel seiner Angreifer, als er nur halten konnte. Mit grimmiger Zärtlichkeit drückte er sie an sein Herz, bis sie mit gebrochenen Rippen zu Boden sanken, und dann schlug er zu – patsch – patsch – patsch – gerade in den Haufen hinein, gleich dem schlapfenden Schlag eines Raddampfers! Ah! Ein lautes Platschen im Wasser verkündete, daß Baghira sich seinen Weg zur Zisterne durchgefochten hatte, wohin ihm die Affen nicht folgen konnten. Der Panther lag, nach Atem ringend, nur mit dem Kopfe ein wenig aus dem Wasser lugend, während die Affen sich am Rande drängten und in ohnmächtiger Wut hin und her tanzten. Das keuchende Brummen des alten Bären drang zu ihm. Doch was konnte er tun? Da lag er im Wasser, unfähig, dem Freunde zu helfen. Bei diesem Gedanken heulte er fast unbewußt den Hilferuf der Schlangen hinaus in die Nacht, denn er fürchtete, daß Kaa im letzten Augenblicke sich davongemacht habe. »Wir sind vom gleichen Blute, du und ich! Sss! Sss! Sss!« Ein Hilferuf vom schwarzen Panther! Obwohl Balou unter der Wucht der Affen fast erstickte, lachte er dennoch laut auf. »Er hat sich's gemerkt«, dachte er. »Der schwarze Panther hat etwas von meinem Menschenjungen gelernt!« und patsch – patsch krachten die Rippen der Affen unter den Tatzenhieben.

Kaa war es eben erst gelungen, die westliche Mauer zu erklimmen; es war eine schwere Arbeit, denn die Steine gaben unter seinem Gewichte nach und rollten laut polternd zu Boden. Nun aber war keine Minute mehr zu verlieren. Er ringelte sich und wand sich und schlug ungeheure Reifen, um zu sehen, ob auch jeder Zoll seines mächtigen Körpers biegsam und geschmeidig wäre. Unterdessen tobte der Kampf mit Balou weiter, und die Affen an der Zisterne schrien gellend gegen Baghira an. Mang, die Fledermaus, schwirrte hin und her über der schlafenden Dschungel, Kunde bringend von der großen Schlacht in »Cold Lairs«, bis zuletzt Hathi, der wilde Elefant, erregt zu trompeten begann und verstreute Gruppen der Affenvölker hochkamen und von weit her die Baumstraßen hastend durchliefen, um den Freunden und Brüdern zu helfen. Selbst die Tagesvögel flatterten unruhig auf den Ästen.

Und nun kam Kaa, eilig, hungrig und begierig, zu töten.

Die Kampfesstärke einer Pythonschlange liegt in der furchtbaren Stoßkraft des Kopfes, der mit der ganzen Wucht und Macht des ungeheuren Körpers nach rückwärts geschnellt wird. Denkt euch, ein Sturmbock, wie er früher zum Brechen der Stadtmauern benutzt wurde, oder ein tausend Pfund schwerer Schmiedehammer besitze Leben, und in dem langen Stiele wohne kalter, berechnender Geist, der das Werkzeug regiert, dann könnt ihr euch ungefähr eine Vorstellung von Kaa, dem Kämpfenden, machen. Er war gut dreißig Fuß lang, wie ihr wißt, und eine nur vier oder fünf Fuß große Pythonschlange vermag schon einen ausgewachsenen Mann niederzustoßen.

Den ersten Stoß richtete Kaa gegen die Mitte der dichten Masse um Balou – es war ein Stoß mit geschlossenem Munde, in tiefstem Schweigen… und kein zweiter war nötig. Entsetzen packte die Affen, und mit dem Schrei: »Kaa! Es ist Kaa! Fort! Fort!« flohen sie davon wie Frösche vor dem Reiher.

Wie man bei uns die Kinder mit dem schwarzen Mann schreckt, so hatten Generationen junger Affen alle Untaten gelassen, wenn ihnen die Eltern mit Kaa drohten, dem Nachträuber, der auf den Ästen entlanggleitet, so geräuschlos, wie das Moos auf ihnen wächst; von Kaa, dem Gewaltigen, der den allerstärksten Affen töten kann, wenn er ihn nur mit der Nase berührt; von Kaa, dem schlauen Schurken, der einen morschen Ast oder einen alten Baumstumpf so täuschend nachzuahmen vermag, daß auch der weiseste Affe sich irreführen läßt, bis plötzlich der Baum zu leben beginnt und sein zappelndes Opfer verschlingt. Kaa war der Inbegriff alles dessen, was die Affen im Dschungel fürchteten, denn kein Wesen kannte die Grenzen seiner Macht, niemand vermochte ihm in die stechenden Augen zu sehen, und keiner war bisher aus seiner Umschlingung mit dem Leben davongekommen. Und so flüchteten sie, so schnell die zitternden Füße sie tragen konnten, von Grauen gepackt, auf die Mauern und Dächer der Häuser. Balou atmete erlöst auf; sein Fell war viel dicker als Baghiras, aber dennoch hatte er Haare gelassen in dem tollen Kampfe. Und jetzt öffnete Kaa zum erstenmal den Rachen und stieß ein einziges, langes, zischendes Wort hervor; und die Affen, die von weit her aus dem Dschungel zur Stadt herbeieilten, hielten plötzlich an und drängten sich bebend dicht zusammen, bis das beladene Geäst sich knackend bog unter der Last. Die Affen auf den Mauern und Häuserruinen verstummten, und in der Grabesstille, die plötzlich über der Stadt lag, hörte Mogli, wie Baghira triefend und sich schüttelnd dem Wasserbecken entstieg. Dann begann das Geheul von neuem. Die Affen sprangen bis zu den höchsten Spitzen der Trümmer; sie umklammerten wie hilfesuchend die großen Steingötzen und irrten ziellos zwischen den Mauerresten umher. Mogli im Sommerhause tanzte vor Freude, sah durch das marmorne Netzwerk und heulte wie eine Eule, um den Affen seine Verachtung zu zeigen.

»Hole das Menschenjunge dort aus der Falle; ich kann mich kaum noch rühren«, ächzte Baghira. »Und dann laß uns machen, daß wir fortkommen. Sie greifen vielleicht wieder an.«

»Keiner wird sich regen ohne meinen Willen. Verharrt! – Rührt euch nicht – keinen Mucks! Ssss!«, zischte Kaa, und wieder lag Grabesstille über der Stadt. »Ich konnte nicht früher kommen, Bruder, aber mir war's, als ob ich deinen Hilferuf hörte.« Das galt Baghira.

»Eh? Meinen… was?… Ich… ja, es wird wohl mein Kampfschrei gewesen sein. Übrigens, Balou, wie bist du davongekommen?«

»Mir scheint, sie haben mich in hundert kleine Bären zerreißen wollen«, brummte Balou, sich die Beine leckend, eins nach dem andern. »Wuff! Zerschunden bin ich am ganzen Körper! Kaa, ich glaube, wir schulden dir unser Leben – Baghira und ich.«

»Hat nichts zu sagen. Wo ist das Menschenjunge?«

»Hier in einer Falle. Ich kann nicht heraus«, rief Mogli. Die Wölbung des herabgefallenen Daches versperrte ihm den Ausgang.

»Hole ihn heraus, so schnell wie möglich. Er tanzt umher wie Mor, der Pfau. Er wird unsere Jungen zertreten!«, riefen die Kobras.

»Ha!«, kicherte Kaa. »Er hat überall Freunde, dieser Mannling! Tritt zurück, kleiner Mensch, und ihr, Giftvölker, versteckt euch mit euren Jungen. Ich lege die Mauer um!«

Kaa prüfte die Seitenwand, bis er einen wettergeschwärzten Riß fand, der eine schwache Stelle verriet. Kaa schlug zwei- oder dreimal mit dem Kopf leicht gegen die Wand, um die Stärke zu prüfen; dann hob er sechs Fuß seines Körpers senkrecht in die Höhe und schnellte den Kopf wie einen Schmiedehammer gegen den Stein – einmal – zweimal – dreimal immer gerade mit der Nase voran. Das Gestein dröhnte, ächzte, bröckelte und fiel dann krachend und eine Staubwolke aufwirbelnd zusammen. Mogli sprang durch die Öffnung hervor, stürzte sich zwischen Balou und Baghira und schlang seine Arme um je einen mächtigen Nacken seiner Freunde.

»Bist du verletzt?«, fragte Balou, ihn zärtlich betastend.

»Hungrig bin ich und zerschunden – aber oh! Wie schlimm haben sie euch zugerichtet, meine Brüder! Ihr blutet ja beide!«

»Andere auch«, sagte Baghira, seine Lippen leckend, und blickte auf die toten Affen, die auf der Terrasse und am Wasserbecken umherlagen.

»Nichts, alles nichts, wenn du nur mit heiler Haut davongekommen bist. Oh, mein bester kleiner Honigfrosch!«, grunzte Balou.

»Nun, darüber werden wir später noch ein Wort zu sprechen haben«, meinte Baghira in einem Tone, bei dem es Mogli etwas unbehaglich wurde. »Aber hier ist Kaa, dem wir den Sieg verdanken und dem du, Mogli, dein Leben schuldest. Erstatte ihm Dank nach unserer Sitte.«

Mogli wandte sich um und sah den Kopf des Pythons einen Fuß über dem seinen hin und her schwingen.

»Also das ist der Mannling!«, sprach Kaa. »Sehr weich ist seine Haut und hat mit den Bandar-log rechte Ähnlichkeit. Sieh dich vor, kleiner Mann, daß ich dich nicht für einen Affen halte im Zwielicht, wenn ich die Haut gewechselt habe.«

»Wir sind vom gleichen Blute, du und ich!«, antwortete Mogli. »Du hast mich vom Tode errettet heute Nacht, und es gehört dir alles, was ich in Zukunft erlege, wenn du hungrig bist, Kaa!«

»Sehr verbunden, kleiner Bruder!«, sagte Kaa mit ernsthaftem Gesichte, wenn er auch mit den Augen blinzelte. »Und was erlegt denn ein so kühner Jäger? Ich frage nur, damit ich auf deiner nächsten Pirsch deinen Spuren folgen kann!«

»Ich töte nichts – jetzt noch nicht – ich bin noch zu klein – aber wenn ich jage, treibe ich meinen Freunden wilde Ziegen zu. Darauf verstehe ich mich vortrefflich. Wenn du hungrig bist, komm nur getrost zu mir und überzeuge dich, ob ich die Wahrheit spreche. Flink und geschickt bin ich mit diesen hier«, er zeigte seine Hände, »und wenn du je in eine Falle gerätst, dann kann ich dir vielleicht die Schuld zurückbezahlen … dir und Baghira und Balou … denn ihr alle habt ja für mich gekämpft. Große Jagd euch allen, meine Lehrmeister!«

»Wohl gesprochen«, brummte Balou, denn Mogli hatte seinen Dank recht hübsch abgestattet. Kaa ließ seinen Kopf ein paar Fuß herab und legte ihn leicht auf Moglis Schulter. »Hast ein braves Herz, Mannling!«, zischte er. »Und eine höfliche Zunge! Damit wirst du weit kommen im Dschungel. Aber nun gehe schnell fort von hier mit deinen Freunden. Geh und leg dich schlafen, denn der Mond geht unter, und was nun folgt – das ist nichts für dich, Söhnchen!«

Die Silberscheibe des Mondes versank hinter den Hügeln, und die Reihen der zitternden Affen, zusammengeduckt auf Mauern und Trümmern, erschienen wie zerfranstes Gezack der Ruinen. Balou trabte zum Wasserbecken, um sich mit einem Trunk zu laben; Baghira leckte und putzte sein Fell. Kaa aber glitt lautlos in die Mitte der weiten Terrasse und schnappte mit klingendem Ruck die starken Kiefer zusammen, worauf die verharrenden Affen starr die Blicke auf Kaa richteten.

»Der Mond geht unter«, zischte Kaa. »Könnt ihr mich noch alle sehen?«

Von den Mauern hallte es, als ob der Wind in den Wipfeln stöhnte: »Wir sehen dich, Kaa!«

»Gut. Nun beginnt der Tanz – der Jagdtanz Kaas! Sitzt stille! Seht her!«, Er glitt zwei- oder dreimal in großem Kreise umher und schwang tänzelnd im Takte den Kopf zur Rechten und zur Linken, als höre er eine geheimnisvolle Musik. Dann begann er mit seinem Körper Schleifen und Achterfiguren zu bilden, große Knäuel und Knoten, die lebten und unentwirrbar schienen, bis sie geräuschlos im Augenblicke auseinanderschlüpften – gleitende, gebogene Dreiecke, die sich in Vierecke, Kreise und Arabesken verwandelten; und während der glatte, buntscheckige Körper plötzlich in die Erde zu verschwinden und dann wieder ringelnd zum Himmel aufzuragen schien – immer raschelnd, raschelnd, raschelnd –, tönte Kaas leiser, zischender Zaubergesang.

Balou und Baghira standen wie zu Stein erstarrt – in ihren Kehlen rasselte mühsam der Atem, ihr Nackenfell sträubte sich, während Mogli voll Staunen und Grauen zusah.

Es wurde dunkler und dunkler. Die wirren Figuren schwanden in der Nacht, aber man konnte das Rascheln der schlürfenden Schuppen deutlich vernehmen.

»Bandar-log«, sang die Stimme Kaas, »könnt ihr Hand oder Fuß noch regen wider meinen Willen? Sprecht!«

»Wider deinen Willen kann keiner von uns regen Hand oder Fuß, o Kaa«, hauchten die Affen.

»Gut. Kommt alle einen Schritt näher zu mir!«

Die Reihen der Affen schwankten hilflos nach vorn – auch Balou und Baghira folgten mechanisch dem Befehle der Schlange.

»Näher!«, zischte Kaa; wieder schwankten sie einen Schritt vor.

Mogli legte die Hände auf Balou und Baghira, um sie dem Zauber der Schlange zu entreißen; und die beiden gewaltigen Tiere schreckten zusammen, wie aus einem Traum erwacht.

»Halte deine Hand fest auf meiner Schulter«, keuchte Baghira. »Laß mich nicht los – oder ich muß hin zu Kaa – muß hin zu Kaa. Ah!«

»Was hast du? Es ist ja nur der närrische Kaa, der im Staube seine Kreise schlägt«, sagte Mogli. »Aber wir wollen fort von hier.« Und die drei stahlen sich durch eine Öffnung der Mauer und trabten fort in den Dschungel.

»Wuff!«, ächzte Balou, als er wieder unter den stillen Bäumen stand. »Nie mehr in meinem ganzen Leben verbünde ich mich mit Kaa.« Und er schüttelte sich am ganzen Körper.

»Er weiß mehr als wir«, sagte auch Baghira zitternd. »Wäre ich geblieben – nur noch ein paar Minuten –, so hätte ich selbst den Weg in seinen Schlund angetreten.«

»Viele werden diesen Weg wandern, ehe der Mond wieder aus den Tälern steigt«, meinte Balou. »Gute Jagd wird er haben – auf seine Art.«

»Aber was bedeutet das alles?«, fragte Mogli, der nichts von den hypnotischen Kräften eines Pythons wußte. »Ich sah nur eine große Schlange närrische Kreise schlagen, bis die Nacht kam. Und ihre Nase war ganz wund. Ha! Ha!«

»Mogli«, knurrte Baghira ärgerlich, »wenn er sich verletzt hat, so geschah es nur deinetwegen, so wie meine Ohren und Tatzen deinetwegen zerbissen sind; und sieh nur auf deinen alten Lehrer Balou, wie er zerzaust ist, es war alles deinetwegen. Wir zwei werden so bald nicht wieder fröhlich jagen können.«

»Laß nur gut sein«, brummte Balou. »Wir haben unser Menschenjunges wieder!«

»Ganz recht, aber wir haben teuer für ihn bezahlt. Denke nur, was wir an Zeit für die Jagd verloren haben und an Haaren und – vor allen Dingen – an Ehre und Ansehen. Denn, denke daran, Mogli, ich, der schwarze Panther, erniedrigte mich so weit, Kaa um Hilfe anzurufen, und Balou sowohl wie ich wurden gebannt wie kleine Vögel von Kaas Jagdtanz! Und das alles kam nur, Menschenjunges, von deinem Spielen mit den Bandar-log.«

»Wahr! Es ist alles wahr!«, sagte Mogli mit aufrichtiger Reue. »Ein schlechtes Menschenjunges bin ich, und Kummer sitzt mir in den Eingeweiden.«

»Mf! Was sagt das Gesetz des Dschungels, Balou?«

Balou hatte keine Lust, seinem Schüler noch weitere Unannehmlichkeiten zu bereiten, aber mit dem Gesetz durfte man nicht Spaß treiben. Und deshalb murmelte er: »Reue schützt vor Strafe nicht! Aber bedenke, Baghira, er ist klein!«

»Ich weiß, aber er hat Unrecht begangen und muß dafür seine Schläge haben. Mogli, hast du noch etwas vorzubringen?«

»Nein, ich tat unrecht. Balou und du, ihr blutet. Ich habe Strafe verdient.«

Baghira gab ihm ein halbes Dutzend Klapse... sanfte Schläge vom Standpunkte eines Panthers aus (sie würden kaum eines seiner Jungen aus dem Schlafe geweckt haben), doch für einen siebenjährigen Knaben waren sie eine ganz gehörige Tracht Prügel. Als es vorüber war, schüttelte sich Mogli, nieste einmal und rieb sich, aber sagte kein Wort.

»Nun, nun«, schnurrte Baghira, »auf meinen Rücken, kleiner Bruder. Wir wollen nach Hause.«

Das ist im Dschungelgesetz eine ganz prächtige Einrichtung: Wenn man seine Strafe erhalten hat, ist alles vergessen und vergeben. Da gibt es kein langes Brummen und Grollen.

Mogli legte den Kopf auf Baghiras weichen Rücken und schlief so fest, daß er nicht einmal erwachte, als man ihn in der Höhle seiner Wolfseltern niederlegte.

Und nun zurück zur ersten Geschichte.

Wanderlied des Affenvolkes

Wir schwingen uns, ein fliegender Kranz,
Halbwegs bis zum neidischen Mond im Tanz.
Bewunderst du nicht unsere prächtige Schar,
Hätt'st gern noch ein Extrahändepaar?
Möchtest du nicht, geschweift wär' dein Schwanz
Wie Amors Bogen – voll Eleganz?
Nun bist du böse. Doch glaube mir,
Bruder, dein Schwanz hängt hinter dir.
Hier sitzen wir im Gezweig und beraten
Viel schöne Pläne und große Taten.
Doch träumen wir nur von Dingen,
Die im Ernst wir doch nie vollbringen.
Was edel ist und klug und fein,
Tun wir durch Wünschen ganz allein.
Schon ist's vergessen. Doch glaube mir,
Bruder, dein Schwanz hängt hinter dir.
Alles Geschwätz, das wir brachten nach Haus,
Vom Vogel, vom Wolf und der Fledermaus,
Wir schnattern es nach und alle zugleich.
Noch einmal! wie herrlich, wie rhythmenreich!
Wahrhaftig, jetzt sind wir den Menschen gleich.
Gut, seien wir's – doch glaube mir,
Bruder, dein Schwanz hängt hinter dir.
Das ist so recht der Affen Manier.
Komm, reih' dich unsern Scharen ein,
Die hoch in den Bäumen springen,
Die mit des Dschungels wildem Wein
Sich stolz in die Lüfte schwingen.

Wir schwören, beim Schmutz auf unserm Pfad,
Bald kommt sie, die große, erlösende Tat.

»Tiger – Tiger!«

Wie war's mit der Jagd im tiefen Wald?…
Bruder, die Nacht war so lang und so kalt!
Wie war's mit der Beute? Besiegt oder tot?…
Bruder, noch springt sie im Morgenrot!
Wo bleibt deine Stärke, dein Stolz, deine Lust?…
Bruder, sie schmilzt mir von Flanke und Brust.
Was hetzt dich so? Was ist deine Not?
Bruder, ich sterbe, mich hetzt der Tod.

Als Mogli nach dem Kampf mit dem Rudel am Ratsfelsen die Höhle seiner Wolfseltern verließ, wußte er wohl, daß er sich manchen Todfeind geschaffen hatte. Er wollte deshalb nicht in allzu großer Nähe des Dschungels bleiben und lief in gleichmäßigem Wolfstrabe mindestens dreißig Kilometer talabwärts, den bebauten Feldern der Menschen zu, bis er in eine ihm unbekannte Gegend kam. Vor ihm öffnete sich eine große Ebene, die mit Felsblöcken übersät und von tiefen Einschnitten durchfurcht war. An dem einen Ende stand ein kleines Dorf, am andern drang der Dschungel bis dicht zu den Weidegründen vor und hörte dann plötzlich wie abgeschnitten auf. Auf den grünen Wiesen grasten friedlich Rinder und Büffel; sobald aber die kleinen Jungen, welche die Herde hüteten, Mogli erblickten, rannten sie schreiend davon, und die gelben herrenlosen Hunde, die um jedes indische Dorf herumlungern, erhoben wütendes Gekläff. Mogli trabte weiter, denn er war hungrig, und als er zum Dorfgatter kam, sah er, daß das dichte Dorngeflecht, mit dem der Dorfeingang beim Einbruch der Dämmerung verschlossen wurde, zur Seite gesetzt war.

»Umpf!«, stieß Mogli hervor, »auch hier fürchtet der Mensch die Völker des Dschungels!« – denn oft war er auf seinen nächtlichen Streifzügen nach Nahrung auf solche Schutzwehren gestoßen. Er hockte am Tor nieder, und als ein Mann herauskam, stand er auf, öffnete den Mund und zeigte mit dem Finger hinein, um anzudeuten, daß er essen wolle. Der Mann starrte ihn an, lief fort und schrie laut nach dem Priester. Der Priester, ein dicker Mann im weißen Gewand, mit einem rot-gelben Zeichen auf der Stirne, kam an der Spitze eines Haufens von mindestens hundert Leuten herbei. Sie alle gafften Mogli an, schwatzten und riefen und deuteten mit den Fingern auf ihn.

»Sie haben keine Lebensart, diese Menschenvölker«, dachte sich Mogli. »Nur die grauen Affen benehmen sich so!« Er warf seine langen Haare trotzig zurück und starrte düster die Menge an.

»Wovor fürchtet ihr euch denn?«, fragte der Priester. »Seht doch die Narben an seinen Armen und Beinen. Das sind Wolfsbisse. Ein Wolfskind ist es, dem Dschungel entlaufen, nichts weiter.«

Beim Spielen hatten die jungen Wölfe natürlich manchmal härter zugebissen, als es in ihrer Absicht lag, und so waren seine Arme und Beine mit weißen Narben bedeckt. Mogli aber wäre es niemals eingefallen, solche Zärtlichkeiten »Bisse« zu nennen, denn er wußte viel zu gut, was richtiges Beißen war.

»Arré! Arré!«, riefen die Frauen mitleidig. »Von Wölfen zerbissen! Das arme Kind! Ein hübscher Bursche ist er. Hat Augen wie glühendes Feuer. Wahrhaftig, Messua, sieht er nicht deinem Sohn ähnlich, den der Tiger damals davonschleppte?«

»Laßt sehen«, sagte eine Frau mit schweren Kupferringen an Armen und Fußgelenken. Sie drängte sich vor, schützte die Augen mit den Händen und betrachtete Mogli aufmerksam. »O nein!«, sagte sie. »Er ist viel dünner – aber – wirklich – es ist wahr… im Gesicht sieht er ihm ganz ähnlich!«

Der Priester war ein kluger Mann und Messua die Frau des reichsten Bauern im Dorfe. So blickte er denn gen Himmel auf und sprach mit feierlicher Stimme: »Was der Dschungel nahm, gab der Dschungel zurück. Nimm den Knaben in dein Haus, meine Schwester, und vergiß nicht, den Priester zu ehren, der tiefen Einblick hat in das Leben der Menschen.«

»Bei dem Bullen, um den Baghira mich kaufte«, dachte Mogli, »dieses Schwatzen und Anstarren kommt mir ganz so vor wie die Aufnahme im Rudel. Oah! Es kann nichts helfen – wenn ich nun einmal ein Mensch bin, so muß ich einer bleiben!« Die Frau deutete Mogli durch Zeichen an, ihr zu folgen, und die braune, schwatzende Menge geleitete sie bis zu einem alleinstehenden, niedrigen Hause im Dorfe. Als Mogli argwöhnisch eingetreten war, sah er allerlei merkwürdige Gegenstände. Da stand ein großer Kasten, mit bunten Farben bemalt – das war das Bett. Und zur Seite ein rundes Gefäß, ein großer irdener Behälter, in dem Getreide aufbewahrt wurde, und Mogli erstaunte, als er an den Seiten des irdenen Kruges kleine Kühe und Bäume eingepreßt sah, die sich nicht bewegten und kein Lebenszeichen von sich gaben.

Ganz merkwürdig war auch ein dicker Hindugötze, der aus einer Nische an der Wand hervorgrinste – aber vor allem schien Mogli ein Stück Glas unerklärlich, in dem man seine eigenen Ohren und Augen, sein Gesicht und seinen ganzen Körper sehen konnte – viel besser als in irgendeinem Teiche.

Messua gab ihm Milch, und Mogli trank in langen, durstigen Zügen. Dann gab sie ihm weiches, schönes Brot, und während er aß, sah sie ihm tief in die Augen. Sie seufzte, denn sie wollte gern Gewißheit haben, ob er auch wirklich ihr Sohn sei, den der Tiger fortgeschleppt hatte und der nun aus dem Dschungel zurückkäme. Sie legte die Hand auf seine Schulter und sagte: »Nathu, o mein Nathu!« Mogli zeigte durch nichts, daß er den Namen kenne. »Erinnerst du dich nicht an die neuen Schuhe, die ich dir gab eines Morgens?« Sie befühlte seinen Fuß und fand ihn fest und hart wie Horn. »Nein!«, meinte sie betrübt. »Diese Füße haben niemals Schuhe getragen … aber sehr gleichst du meinem Nathu, und du sollst nun mein Sohn sein.«

Mogli fühlte sich sehr unbehaglich, denn er hatte noch nie ein Dach über sich gehabt; ein Blick auf die schwachen Dachsparren lehrte ihn, daß er jederzeit dort hindurch könnte, wenn er entweichen wollte, und auch die Fenster der Hütte waren unverwahrt und nicht verriegelt.

»Was nützt es mir denn, Mensch zu sein, wenn ich die Menschensprache nicht verstehe?«, sagte er zu sich. »Ich bin hier so dumm und stumm, wie ein Mensch sein würde unter uns im Dschungel. Ich muß ihre Sprache erlernen!«

Er hatte nicht umsonst gelernt, den Lockruf der Hirsche und das Grunzen der kleinen Wildschweine nachzuahmen. Sobald Messua ein Wort aussprach, wiederholte Mogli es mit wunderbarer Genauigkeit, und ehe der Abend herbeikam, wußte er bereits den Namen vieler Gegenstände in der Hütte.

Als die Schlafenszeit nahte, stellte sich eine neue Schwierigkeit ein, denn Mogli war durch nichts zu bewegen, in der Hütte zu schlafen, die einer Pantherfalle allzu ähnlich sah. »Laß ihm seinen Willen«, sagte Messuas Gatte. »Bedenke, er hat wohl noch niemals in einem Bett geschlafen. Wenn er uns wirklich an Stelle unseres Sohnes gesandt wurde, so wird er schon nicht fortlaufen.«

Und so kam es, daß Mogli sich gemächlich im weichen, grünen Gras am Rande des Feldes ausstreckte. Als er gerade müde seine Augen geschlossen hatte, fühlte er am Kinn den sanften Stoß einer kalten, feuchten Nase.

»Puh!«, maunzte Graubruder (er war der älteste von Mutter Wolfs Kindern), »das nenne ich mir eine schlechte Belohnung für die zwanzig Meilen, die ich deinetwegen gelaufen bin! Abscheulich! Du riechst schon ganz wie ein Mensch nach Rauch und Herdenvieh – wache auf, kleiner Bruder, ich bringe Neues aus dem Dschungel!«

»Sind alle wohlauf?«, fragte Mogli, ihn liebevoll zausend.

»Alle, nur die Wölfe sind vergrämt, deren Fell du mit der roten Blume sengtest. Nun höre, Shir Khan ist auf und davon, in fernen Gründen will er jagen, bis sein Fell wieder heil ist, das du ihm nicht schlecht verbrannt hast. Aber er hat geschworen, wenn er wieder zurück ist, will er deine Knochen in den Waingunga werfen.«

»Auch ich habe einen Schwur getan. Doch davon später. Neuigkeiten sind immer willkommen. Sehr müde bin ich heut Nacht, die Augen fallen mir zu, und der Kopf schwirrt mir von all den Dingen, die ich gesehen habe. Aber, Graubruder, du mußt mir immer Nachricht bringen.«

»Und wirst du dich auch immer daran erinnern, daß du ein Wolf bist? Wirst du uns nicht der Menschen wegen ganz und gar vergessen?«

»Niemals. Ich werde dich immer lieb behalten, dich und alle in der Höhle, aber ich werde auch niemals vergessen, daß man mich ausgestoßen hat aus dem Rudel!«

»Jawohl, und… daß sie dich vielleicht auch noch aus einem andern Rudel ausstoßen werden. Menschen sind nur Menschen, kleiner Bruder, und ihr Geschwätz ist nicht mehr wert als das Gequake der Frösche im Teiche. Wenn ich wieder herkomme, werde ich dich im Bambusdickicht erwarten, dort an der Grenze des Weidegrundes.«

Nach dieser Nacht kam Mogli drei Monate lang nicht vor das Dorftor, denn eifrig war er, Menschenart und Menschenbrauch zu erlernen. Zuallererst mußte er sich daran gewöhnen, ein Tuch um die Hüften zu tragen, und das fiel ihm schwer; und dann hatte er alle die sonderbaren Worte der Menschen nachzuahmen und dabei Mund und Zunge ganz schrecklich zu verdrehen. Sobald er die Dinge, die man essen und trinken kann, bei Namen wußte, gab man ihm schmutzige Kupferstücke in die Hand und sagte, dies sei Geld und das müsse man über alles schätzen. Mogli lachte und meinte, die Menschen seien fast ebenso wie die Bandar-log. Und dann führte man ihn hinaus auf das Feld und zeigte ihm, wie man die Erde aufreißt und den Samen hineinlegt. Alles dies schien ihm sehr sonderbar, und er begriff nicht, warum die Menschen sich mit alledem so plagten und mühten. Auch ärgerten ihn oft die Kinder im Dorf. Zum Glück hatte er im Dschungel gelernt, kaltes Blut zu bewahren; aber wenn sie ihn verspotteten oder am Ende gar ihn höhnisch nachahmten, weil er einige Worte schlecht aussprach, dann konnte er sich kaum halten, sie zu packen und in Stücke zu zerreißen. Er wußte jedoch, daß ein rechter Jäger kleine, nackte Jungen verschont, und er begnügte sich damit, den Kindern gelegentlich einen heillosen Schreck einzujagen, indem er die Zähne fletschte und sie anknurrte wie Baghira, der Panther.

Von seiner Körperkraft ahnte er nichts. Im Dschungel unter den Tieren galt er als schwach; die Dorfleute aber sagten, er sei stark wie ein Stier.

Daß die Menschen durch Kasten streng voneinander geschieden sind, war ihm unverständlich. Als nun eines Tages des Töpfers Esel in die Lehmgrube fiel, zog Mogli das Tier beim Schwanze heraus und half dem Töpfer, seine Ware wieder aufzuladen für den Markt in Khanhiwara. Das war ein großes Vergehen, denn der Töpfer gehörte einer sehr niedrigen Kaste an, und mit seinem Esel stand es noch weit schlimmer. Als der Priester ihn deswegen schalt, drohte Mogli dem heiligen Manne, daß er ihn selbst auf den Esel setzen werde. Da lief der Priester zu Messuas Gatten und sagte ihm, es sei hohe Zeit, Mogli an eine regelmäßige Beschäftigung zu gewöhnen, und der Dorfälteste wies den Knaben an, am nächsten Tage die Büffel zur Weide zu führen. Niemand war darüber glücklicher als Mogli.

An demselben Abend stellte er sich in der ehrwürdigen Versammlung ein, die regelmäßig auf einer Art Plattform unter dem großen Feigenbaum tagte und zu der er nun als angestellter Dorfhirt Zutritt hatte. Es war der Dorfklub, zu dem alle Honoratioren gehörten: der Dorfälteste, der Nachtwächter, der hagere Barbier, der alle Neuigkeiten im Dorf wußte, und der alte Buldeo, der Dorfjäger, der eine rostige Donnerbüchse sein eigen nannte. Sie und viele andere saßen unter dem Palmbaum, schwatzten und rauchten, und oben in den Zweigen des Baumes saßen die Affen und schwatzten ebenfalls, nur daß sie nicht rauchten. Unter der steinernen Plattform aber in einem Loch hauste die Dorfkobra, der man jeden Abend eine Schüssel mit Milch brachte, denn sie war heilig. Die alten Männer saßen und erzählten sich bis tief in die Nacht hinein wunderbare Geschichten von Göttern, Menschen und Geistern, während sie fleißig an den großen Huquas, den Wasserpfeifen, sogen. Buldeo überbot alle mit seinen merkwürdigen Berichten von den wilden Tieren und ihrem Treiben im Dschungel; er schilderte, erzählte und gestikulierte, bis den Kindern, die außerhalb des Kreises saßen, die Gänsehaut über den Rücken lief, und bis ihre großen, braunen Augen wie Mühlräder starrten. Die meisten Geschichten handelten von Tieren, denn der Dschungel rauschte ja Tag und Nacht vor den Häusern der Dorfbewohner. Der Hirsch und das Wildschwein wühlten in ihren Feldern und verdarben ihnen die Ernten; ab und zu schlich der Tiger in der Dämmerung herbei, um vor ihren Augen einen Mann davonzutragen; und von weitem tönte der geheimnisvolle Chor unsichtbarer Jäger.

Mogli, der natürlich vom Dschungel Bescheid wußte, vergrub oft sein Gesicht in den Händen, um das Lachen zu verbergen, während Buldeo, den rostigen Stutzen über den Knien, eine grausige Mär nach der anderen zum besten gab, daß Moglis Schultern zuckten.

Der alte Dorfjäger erzählte gerade von dem Tiger, der Messuas Sohn vor Jahren fortgeschleppt hatte. »O gewiß!«, sagte er. »Das war gar kein richtiger Tiger, sondern der Geist eines bösen, alten Wucherers, der hier vor vielen Jahren gestorben ist. Und zur Strafe ist seine Seele in den Körper eines Tigers gefahren. Das ist ganz gewiß wahr, und ihr selbst könnt euch davon überzeugen. Der Tiger hinkt, wie wir an den Spuren gesehen haben, und ihr erinnert euch doch, daß der alte Geizhals Purun Daß auf einem Fuße lahm war; das kam von den Schlägen, die der Richter ihm einmal für seine Wucherei gab; seitdem humpelte er, und es geschah ihm ganz recht, und nun ist er ein Tiger, und mein Mund spricht die reine Wahrheit.«

»So ist es!... ganz recht!... du bist ein kluger Mann!«, und alle Graubärte nickten zustimmend.

Da fuhr Mogli dazwischen: »Sind alle eure Geschichten solch Nachteulengeschwätz und Affengerede? Dieser Tiger hinkt, weil er lahm zur Welt kam, daß weiß jeder im Dschungel. Was für Märchen will euch Buldeo da aufbinden! Von der Seele eines Wucherers zu sprechen in einem Biest, das nicht einmal soviel Mut hat wie ein Schakal, ist kindisches Geschwätz.«

Buldeo war zuerst sprachlos vor Überraschung, und der Gemeindeälteste starrte ihn verständnislos an.

»Oho! Ist das das Dschungelbalg, der nichtsnutzige Wolfssohn?«, fuhr Buldeo auf. »Wenn du ihn so genau kennst, den lahmen Tiger, dann bringe doch lieber seine Haut nach Khanhiwara, denn die Regierung hat hundert Rupien auf seinen Tod gesetzt. Oder noch besser, du hältst deinen Mund, wenn alte Männer reden.«

Mogli stand auf. »Den ganzen Abend habe ich hier gelegen und zugehört«, sagte er im Fortgehen. »Und mit Ausnahme von ein oder zwei Malen hat Buldeo nicht ein einziges wahres Wort über den Dschungel gesprochen, der doch dicht vor der

Tür ist. Wie kann ich all die anderen Gespenstergeschichten glauben, von Geistern und Göttern und Kobolden, die er mit eigenen Augen gesehen haben will.«

»Höchste Zeit, daß der Junge die Büffel hütet«, meinte der Dorfälteste. Buldeo aber warf Mogli giftige Blicke nach und zog zornschnaubend an seiner Wasserpfeife.

In den meisten indischen Dörfern führen wenige Knaben die Rinder und Büffel am frühen Morgen zur Weide und bringen sie des Abends wieder zurück. Die gleichen Tiere, die den weißen Mann tottrampeln würden, wo er sich zeigte, lassen sich anschreien, schlagen und stoßen von Kindern, die ihnen kaum bis zur Nase reichen. Solange die Knaben bei den Herden bleiben, sind sie in Sicherheit, denn nicht einmal der Tiger wagte es, eine Rindviehherde anzugreifen. Aber wenn sie sich fortbewegen, um Blumen zu suchen oder Eidechsen zu fangen, werden sie manchmal von den wilden Tieren überfallen und in das Dickicht geschleppt.

Am nächsten Morgen ritt Mogli bei Sonnenaufgang stolz durch die Straßen des Dorfes; er saß auf dem Rücken Ramas, des großen Leitstieres. Die schieferblauen Büffel mit ihren langen, rückwärtsgebogenen Hörnern und feurig wilden Augen tauchten aus ihren Verschlägen auf, einer nach dem anderen, und folgten in langer Reihe. Mogli machte es den Jungen von vornherein klar, daß er ihr Herr und Meister sei. Mit einem langen Bambusstock lenkte er die Tiere und befahl Kamya, einem der Hirten, mit den Rindern getrennt zu weiden, während Mogli mit den Büffeln davonzog.

Ein indischer Weideplatz ist oft mit Felsblöcken bestreut, die von dichtem Buschwerk und hohem Gras umgeben sind. Kleine Schluchten kreuzen sich, und die Herden zerstreuen sich und sind verschwunden. Die Büffel ziehen gewöhnlich die kühlen, sumpfigen Stellen vor, wo sie sich oft stundenlang im warmen Schlick suhlen. Mogli trieb sie bis zur Stelle, wo der Waingunga sich aus dem Dschungel in die Ebene ergoß.

Er glitt von Ramas Rücken und trabte zum Bambusdickicht. »Ah! da bist du endlich!«, rief Graubruder, der, seinem Versprechen treu, dort wartete. »Ich habe hier manchen Tag vergebens nach dir ausgeschaut. Du treibst Büffel, was hat das zu bedeuten?«

»Ich bin der Dorfhirte!«, sagte Mogli. »Wie steht's mit Shir Khan?«

»Er ist zurückgekommen und hat dir lange aufgelauert. Nun ist er wieder fort, denn das Wild beginnt hier knapp zu werden. Aber er hat die feste Absicht, dich zu töten – sobald er kann.«

»Recht. Sobald er kann«, wiederholte Mogli trocken. »Solange er fort ist, laß einen meiner vier Brüder hier auf dem Felsen sitzen oder tue es selber, damit ich euch sehen kann, wenn ich vom Dorfe herkomme. Sobald er aber zurückgekehrt ist, warte auf mich bei dem Dhâkbaume in der Mitte der Ebene. Ich möchte dem Lahmen nicht gerade in den Rachen laufen.«

Darauf suchte sich Mogli einen schattigen Platz und legte sich schlafen, während um ihn die Herde friedlich graste.

Herden hüten ist in Indien die bequemste Beschäftigung von der Welt. Die Rinder kauen und zermalmen mit lautem Geräusche die saftigen Pflanzen; sie bewegen sich langsam mit schleppendem Gang, oder sie legen sich hin und schlagen mit den Schwänzen nach Fliegen. Das schmackhafte Futter wächst bis zu ihren Nasen herauf, und sie brauchen sich nicht danach zu bücken. Ab und zu brüllen die Kühe sich in ihrer Sprache ein paar Worte zu oder stoßen ein zufriedenes Grunzen aus. Die Büffel geben nur selten einen Laut von sich; sie watscheln im Entenmarsche zu den Morästen, einer hinter dem anderen, und wühlen sich tief in den Schlamm, bis nur die glänzenden Nasen und gläsernen Augen hervorlugen. Und dort bleiben sie in dem weichwarmen Bette wie Holzklötze liegen. Die Sonne strahlt auf die Felsen herab, bis die heiße Luft auf den Steinen tanzt, und die Hirtenkinder hören den Ruf eines Geiers – immer nur eines einzigen – hoch oben im Äther, so hoch, daß man ihn kaum sehen kann. Die Kinder wissen, was dieser schwarze Punkt in der blauen Unendlichkeit zu bedeuten hat: falls sie, von der Schlange gebissen, sterben würden – oder eins der Tiere umkäme –, so schösse dieser eine Geier pfeilschnell herab, und der nächste Geier, viele Meilen entfernt, würde folgen, und dann der nächste und wieder der nächste, und der noch warme Körper wäre bald von einem Dutzend dieser Geier, die wie durch Zauber aus dem Nichts herbeifliegen, zerhackt und zerrissen.

Die Kinder liegen sorglos im langen Grase, schlafen oder träumen mit offenem Auge, oder sie flechten aus trockenen Halmen kleine Körbe, in die sie Grashüpfer setzen, fangen ein paar Grillen oder lassen sie miteinander kämpfen, oder sie reihen rote und blaue Dschungelnüsse auf eine Schnur und machen daraus Halsketten. Manchmal auch sehen sie mit großen Augen einer Eidechse zu, die sich auf dem heißen Felsen wärmt, oder sie belauschen eine Schlange, die auf ihrem Jagdzug durch das Dickicht gleitet. Und wenn sie das alles getan haben, singen sie lange, lange Lieder mit seltsamen Trillern am Ende, und der eine Tag scheint ihnen länger als vielen ihr ganzes Leben. Manchmal formen sie auch aus dem Lehm ein Schloß mit Menschen, Pferden und Büffeln und stecken den Menschen Stäbe in die Hände, damit sie Könige darstellen. Und wenn Schlangen und Eidechsen sich verkrochen haben und die steifgewordenen Lehmfiguren in der Hitze zerfallen sind, kommt endlich der Abend herbei. Die Kinder lassen ihren hellen Ruf ertönen, und die Büffel erheben sich mit einem plötzlichen Ruck aus ihrem schlammigen Bette und machen dabei ein Geräusch wie Kanonen, aus deren Rohr eine blinde Ladung herausplatzt. Einer nach dem andern entsteigt triefend dem Schlamme, und sie alle ziehen in langer Reihe über die Ebene in der Richtung der schimmernden Dorflichter.

Tag für Tag führte Mogli die Herde zu ihrem Weideplatze, und stets sah er Graubruder als treue Schildwache auf seinem Posten sitzen. Shir Khan war somit noch nicht zurückgekommen, und Mogli lauschte im Grase all dem wunderlichen Summen und Schwirren und träumte von den vergangenen Tagen im Dschungel.

Da, eines Morgens war Graubruder nicht an seinem Platze. Mogli lachte und führte seine Büffel zur Schlucht bei dem Dhâkbaum, der über und über mit goldroten Blüten bedeckt war. Und richtig! Dort saß Graubruder mit glühenden Augen und borstig gesträubtem Fell.

»Er hat sich einen Monat lang versteckt gehalten, um dich irrezuführen«, sagte der Wolf. »Vergangene Nacht kreuzte der Tiger in unser Revier, mit Tabaqui auf seiner Fährte, um dich aufzuspüren.«

Mogli runzelte die Stirne. »Shir Khan fürchte ich nicht, aber Tabaqui ist schlau und verschlagen.«

»Mach dir keine Sorgen!«, sagte Graubruder, die Lefzen leckend. »Ich traf den Burschen heut morgen in der Dämmerung. Jetzt vertraut er seine ganze Weisheit dem Dschungel an – das heißt, soviel die Geier davon übrigließen. Aber er hat mir alles erzählt, bevor ich ihm das Genick zerbiß. Shir Khan beabsichtigt, dir heute Abend am Dorftore aufzulauern – dir allein. Er hat sich jetzt oben in der Schlucht des ausgetrockneten Waingungaarms versteckt und meint, daß ihn niemand gesehen habe.«

»Hat er sich vollgefressen, oder ist er heute noch nicht auf Fang aus gewesen?«, fragte Mogli hastig, denn die Antwort bedeutete für ihn Leben oder Tod.

»In der Morgendämmerung riß er ein Schwein und hat es mit Haut und Haaren verschlungen, dann hat er sich vollgesoffen. Du weißt, Shir Khan bringt es nicht über sich, zu fasten, selbst nicht, wenn er auf Rache auszieht.«

»Ah! Der Narr, der! Vollgefressen hat er sich und vollgesoffen, und bildet sich ein, daß ich warten werde, bis er sich ausgeschlafen hat! Sag, wo hat er sich verkrochen? Wären wir nur unser zehn, jetzt wäre die Gelegenheit, ihm das Fell über die Ohren zu ziehen. Meine Büffel greifen nicht an, ohne ihn vorher zu wittern, und ich verstehe nicht ihre Sprache! Können wir ihm in den Rücken kommen, so daß die Büffel seine Fährte wittern?«

»Davor hat er sich geschützt!«, sagte Graubruder. »Er ist den Waingungafluß hinabgeschwommen, um seine Fährte zu verwischen.«

»Das hat ihm Tabaqui geraten. Er selbst würde niemals daran gedacht haben.« Mogli stand mit dem Finger im Munde und dachte nach: »Die große Waingungaschlucht mündet in die Ebene, kaum eine Meile von hier. Ich kann die Herde durch den Dschungel heimführen bis zum Eingang der Schlucht und dann von oben mit ihr niederbrausen. Aber er würde durch den unteren Ausgang entfliehen. Ich muß ihm den Weg versperren. Graubruder, könntest du mir die Herde teilen?«

»Ich allein wohl kaum, aber ich habe mir einen weisen Helfer mitgebracht.«

Graubruder trabte davon und verschwand in einer Höhle. Gleich darauf tauchte ein großer, grauer Kopf auf, den Mogli wohl kannte, und durch die heiße Luft zitterte der schaurigste Schrei des Dschungels – das Klagegeheul eines hungrigen Wolfes auf der Mittagsjagd.

»Akela! Akela!«, jubelte Mogli. »Ich hätte mir denken können, du würdest mich nicht vergessen. Große Jagd steht uns bevor. Teile mir die Herde, Akela! Treibe die Kühe mit den Kälbern zusammen und trenne sie von den Büffeln.«

Die beiden Wölfe liefen, wie Schäferhunde im schottischen Hochland, hin und her zwischen die schnaubende, keilende Herde, bis sie in zwei Haufen getrennt war. Der eine bestand aus den Kühen, die ihre Kälber brüllend umringten, jeden Augenblick bereit, sich mit gesenkten Hörnern auf einen der Wölfe zu stürzen. Im andern drängten sich die Stiere; sie stampften die Erde und keuchten und rollten ihre großen Augen – sie boten einen gewaltigen Anblick, waren aber weit weniger gefährlich als die Kühe, da sie keine Kälber zu schützen hatten. Sechs Männer hätten nicht vermocht, die Herde so gleichmäßig zu teilen.

»Was nun?«, keuchte Akela. »Sie suchen wieder zueinander zu kommen.«

Mogli sprang auf Ramas Rücken.

»Vorwärts mit den Stieren! Treibe sie nach links, Akela. Graubruder, halte du die Kühe zusammen, und wenn wir fort sind, jage sie zum unteren Ausgang der Schlucht!«

»Wie weit?«, schnappte Graubruder, dem der Schaum vor dem Mund stand.

»Bis die Seitenwände so hoch sind, daß Shir Khan nicht über sie hinweg kann. Dort lasse sie nicht vom Flecke, bis wir von oben herabkommen.«

Und fort stürmten die Stiere zur Linken unter Akelas Gebell. Graubruder trabte an der vorderen Reihe der Kühe entlang; als sie sich auf ihn stürzen wollten, wich er geschickt rechts zur Seite und lenkte so seine Verfolger in die Richtung des unteren Endes der Schlucht, indes Akelas Jagdschrei von links herüberdrang.

»Recht so! Noch einmal angehen, Akela, dann kommen die Tiere in Schwung. Aber Vorsicht, nicht zu nahe, sonst spießen sie dich auf die Hörner. Heiaho! Das ist bessere Jagd, als Böcke treiben! Was die Kerle laufen können – hast du das gewußt, Akela?«

»Ich – ich – ich habe sie gejagt zu meiner Zeit«, keuchte Akela im hochaufwirbelnden Staub. »Soll ich sie jetzt in den Dschungel hetzen?«

»Ja, abdrehen. Schnell, nur zu! Mein Rama ist schon ganz toll. Ach, könnte ich ihm nur sagen, was ich heute von ihm will.«

Die Büffel wandten sich nun zur Rechten und brachen wie ein Gewitter in das hohe Dickicht ein. Die anderen Hütejungen, die in der Nähe bei den Rinderherden lagen, stürzten zum Dorfe zurück und berichteten, der böse Geist sei in die Büffel gefahren und habe sie in alle Windrichtungen verstreut.

Moglis Plan war einfach genug. Er wollte in großem Bogen das obere Ende der Schlucht gewinnen und dann mit den Bullen gegen Shir Khan herunterstürmen, während die Kühe den unteren Ausgang versperrten. Denn er wußte, daß der Tiger mit vollem Bauch weder kämpfen noch die steilen Wände der Felsschlucht hinaufklettern konnte.

Mogli beschwichtigte nun mit Zurufen die dahinstürmenden Büffel, während Akela zurückgefallen war und nur mit leisem Lautgeben die Nachzügler antrieb. Sie schlugen einen weit ausholenden Kreis, um nicht zu nahe an die Schlucht heranzukommen und Shir Kahn ein Warnungszeichen zu geben.

Zuletzt sammelte Mogli die wild erregte Herde am oberen Eingang zur Schlucht auf einem grasigen Hang, von dem es steil hinunter zur Schlucht ging. Von hier konnte man über die Baumkronen weit in die Ebene sehen. Moglis Blicke glitten musternd an den Felsen entlang, und mit Freuden sah er, daß die Wände senkrecht anstiegen, ohne mit ihren grünen und buntfarbigen Schlinggewächsen irgendeinen Halt zum Aufklettern zu bieten.

»Laß sie jetzt verschnaufen, Akela!«, rief Mogli dem Wolfe zu. »Sie haben seine Witterung noch nicht in der Nase. Laß sie zu sich kommen! Ich muß Shir Khan meinen Besuch anmelden. Heiho! Wir haben ihn in der Falle!«

Und dann legte er die Hände an den Mund und gellte hinab in die Schlucht. Das Echo sprang von Fels zu Fels – hohl und laut wie in einem Tunnel.

Nach langer Zeit tönte aus der Tiefe das schläfrige Murren eines vollgefressenen Tigers, der sich nur ungerne in seiner Ruhe stören läßt.

»Wer ruft?«, murrte Shir Khan gereizt, und ein prächtiger Pfau flog mit erschrockenem Geschrei aus dem Gebüsch.

»Mogli hat gerufen. Heiho! Du Herdendieb, ich hole dich zum Ratsfelsen der Wölfe! Heiho! Hinunter jetzt, Akela – treib sie hinunter! Vorwärts, Rama, vorwärts!«

Die Herde schreckte einen Augenblick am Rande der Schlucht zurück, aber Akela ließ seinen Jagdruf aus voller Kehle ertönen, und hinab ging's mit weitem Sprunge, Sand und Steine spritzten auf. Nachdem die rasende Jagd in die Tiefe einmal begonnen, gab es kein Halten mehr – die hinteren Büffel drängten nach vorn, und vorwärts stürmte es, vorwärts wie der reißende Bergstrom, der seine Dämme durchbrochen hat. Plötzlich witterte Rama Shir Khan und brüllte wütend auf.

»Haha!«, lachte Mogli auf Ramas Rücken. »Nun weißt du, was es gibt! Horrido!« Und weiter brauste die Herde mit dem Gewirr schwarzer Hörner, wutgeröteter Augen und schaumbedeckter Nüstern gleich einer Sturzflut die Schlucht hinab. Die schwächeren Tiere wurden vom Drucke aufgehoben und dann seitwärts in das Dickicht gedrängt.

Shir Khan hörte den Donner der anstürmenden Hufe; er wußte wohl, daß kein Tier im weiten Dschungel dem Angriff einer wütenden Büffelherde zu widerstehen vermag. Er raffte sich auf und eilte, so schnell es ihm sein voller Bauch erlaubte, die Schlucht hinab. Ängstlich spähte er rechts und links, um einen Ausweg zu finden; aber die Wände der Schlucht stiegen beinahe senkrecht auf und starrten ihm mitleidslos entgegen. Da hielt er an, denn sein Mahl lag ihm schwer im Wanste, ihm war nicht zum Kämpfen zumute. Näher und näher brauste der Donner; jetzt stürmte die Herde mit lautem Aufklatschen durch die Wasserpfütze, die Shir Khan eben verlassen hatte, mit einem Gebrüll, daß die Felsen bebten. Und nun kam die Antwort unten von den Kühen und blökenden Kälbern. Da ahnte Shir Khan sein Geschick. Er wußte, daß es auch im schlimmsten Falle besser sei, den Kampf mit den Büffeln zu wagen als mit den Kühen, wenn sie Kälber haben. Mit blutunterlaufenen Augen warf er noch einen Blick zu den steilen Wänden auf, dann drehte er sich, um sich den Büffeln zu stellen. Krachend brach die Herde wie ein Gewitter über ihn herein – dunkel wurde es, Stampfen, Stoßen und Brüllen. Rama strauchelte, kam wieder hoch, trat auf etwas Weiches, Schwindendes und stürmte weiter. Dann stießen die beiden Herden am Ausgang der Schlucht zusammen. Welch ein Anprall! Die vordersten Reihen türmten sich auf, wie eine Woge an der Klippe, Büffel und Kühe ritten aufeinander zu dreien und vieren – die Erde stöhnte, und hinab wogte die Herde in die Ebene, während der Fels unter ihrem Stampfen in Staub zerbröckelte.

Mogli nahm den rechten Augenblick wahr: er sprang von Ramas Rücken und schlug mit dem Bambusstab nach rechts und links, um die Herde zu ordnen.

»Schnell, Akela! Treibe sie auseinander! Schnell! Oder sie spießen sich gegenseitig! Fort mit ihnen, Akela! Hai, Rama! Hai! Hai! Hai! Meine Kinder! Ruhe! Ruhe! Es ist ja alles vorbei!«

Akela und Graubruder trabten auf und ab und schnappten nach den Beinen der Büffel. Noch einmal machte die Herde Miene, zurückzukehren und die Schlucht hinaufzustürmen; Mogli vermochte jedoch, seinen Rama nach einer andern Richtung abzulenken, und endlich folgte die Herde brüllend dem Leittier.

Shir Khan brauchte sich nicht mehr zu sorgen. Er war tot, und schon stießen die Geier zu Tal.

»Brüder – so starb ein Hund!«, sagte Mogli, nach dem Messer greifend, das er immer bei sich trug, seitdem er bei den Menschen weilte. »Wallah! Sein Fell wird sich auf dem Ratsfelsen prächtig ausnehmen! Und jetzt schnell ans Werk!«

Ein Knabe, unter Menschen aufgewachsen, würde niemals imstande gewesen sein, allein einen zehn Fuß langen Tiger zu häuten; doch Mogli wußte, wie einem Tiere der Pelz angepaßt ist und wie man ihn abnehmen kann. Trotzdem war es harte Arbeit; Mogli schnitt und zerrte und stöhnte wohl eine Stunde lang, während die Wölfe mit ausgestreckten Zungen dalagen oder am Fell zerrten, wenn Mogli es befahl.

Plötzlich fühlte Mogli den Druck einer Hand auf der Schulter, und aufblickend sah er Buldeo mit seiner alten Donnerbüchse. Die Kinder hatten im Dorfe die Nachricht von der wilden Flucht der Herde verbreitet, und Buldeo hatte sich unverzüglich aufgemacht, um Mogli zu strafen, weil er nicht auf die Herde achtgegeben hatte. Bei seinem Nahen hatten sich die Wölfe schnell in Deckung verzogen.

»Was soll denn der Unsinn? Bildest du dir etwa ein, du könntest einen Tiger häuten? Wo haben ihn denn die Büffel getötet? Sieh da, der lahme Tiger ist's, auf den die Regierung einen Preis von hundert Rupien ausgesetzt hat. Nun, wir werden diesmal ein Auge zudrücken. Ich will dir sogar verzeihen, daß du die Herde hast fortrennen lassen. Vielleicht gebe ich dir eine Rupie von der Belohnung, wenn ich das Fell nach Kanhiwara gebracht habe.«

Er griff in die Tasche und holte Stahl und Feuersteine hervor, um den Schnurrbart des Tigers abzusengen. Indische Jäger unterlassen selten, diese Vorsicht zu gebrauchen, denn nur so können sie sich davor schützen, daß die Seele des Tigers sie verfolgt.

»Hm!«, meinte Mogli und fuhr fort, das Fell einer Vordertatze aufzuschlitzen. »Du willst also die Haut des lahmen Langri nach Kanhiwara bringen und mir gnädigst eine Rupie von dem Preise abgeben? Das ist freundlich von dir, mein lieber guter Buldeo, aber siehst du, ich habe mir nun einmal vorgenommen, das Fell zu meinen eigenen Zwecken zu verwenden ... Fort, alter Scheibenschießer, weg mit dem Feuer!«

»Du wagst es, so zu dem Hauptjäger des Dorfes zu sprechen? ›Scheibenschießer‹! Dein dummes Glück und der Unverstand der Büffel haben dir zu dieser Beute verholfen. Der Tiger hatte sich vollgefressen, sonst wäre er jetzt zwanzig Meilen weit von hier. Du kannst ihn nicht einmal richtig häuten, Lümmel, und mir sagst du, ich darf ihm den Bart nicht sengen?! Keinen Anna von der Belohnung erhältst du, vielmehr eine gehörige Tracht Prügel. Mach', daß du fortkommst!«

»Bei dem Bullen, für den Baghira mich in das Rudel einkaufte, soll ich hier sitzen und die Zeit mit einem alten Affen verschwätzen?!«, rief Mogli. »Akela! Vorwärts! Diese Nachteule belästigt mich mit ihrem Gekreisch!«

Buldeo, der eben noch über den Tiger gebeugt stand, fand sich plötzlich zu seinem Entsetzen auf dem steinigen Boden liegen, und über ihm stand ein großer, grauer Wolf. Mogli fuhr gelassen im Abhäuten des Tieres fort, als befände er sich ganz allein im weiten Indien.

»Recht – jawohl – du hast völlig recht, Buldeo«, schnarrte er zwischen den Zähnen. »Nicht einen einzigen Anna wirst du mir als Belohnung geben. Ein alter Streit war zwischen mir und dem Tiger auszufechten – ich aber siegte.«

Wir müssen es Buldeo lassen – wäre er zehn Jahre jünger gewesen, so hätte er einen Kampf mit Akela gewagt, wenn er in den Wäldern auf ihn getroffen wäre. Aber ein Wolf, der den Befehlen eines Knaben gehorchte – eines Knaben, der mit menschenfressenden Tigern in Fehde lag, solch ein Wesen war kein gewöhnlicher Wolf. Zauberei war im Spiel, Hexerei schlimmster Art, und Buldeo hoffte kaum mehr, daß ihn sein Amulett am Halse dagegen schützen werde. Still lag er, ganz regungslos, und erwartete jeden Augenblick, daß sich Mogli in einen Tiger verwandeln werde.

»Maharadsch! Großer König!«, hauchte er mit heiserer Stimme.

»Ja?«, sagte Mogli, ohne den Kopf zu drehen.

»Ich bin ein alter Mann. Wie konnte ich ahnen, daß du die Gestalt eines Hirtenknaben angenommen hast und etwas ganz anderes bist. Willst du mir nicht erlauben, aufzustehen und fortzugehen, großer Fürst, oder wirst du deinen Sklaven befehlen, mich in Stücke zu reißen?«

»Gehe in Frieden. Ein anderes Mal aber hüte dich, meine Fährte zu kreuzen! Laß ihn frei, Akela!«

Buldeo sprang auf, holte tief Atem und humpelte dann fort, so schnell er konnte. Er blickte verstohlen zurück, um zu sehen, ob Mogli nicht irgendeine furchtbare Gestalt angenommen habe. Als er endlich schweißtriefend beim Dorfe anlangte, erzählte er zitternd und keuchend eine greuliche Geschichte von Zauberei und Teufelskunst, so daß das rundliche Gesicht des fetten Priesters sich in entsetztem Staunen in die Länge zog.

Unterdessen fuhr Mogli emsig mit seiner Arbeit fort; er hackte und schnitt und zog, und als endlich das blutige Fell vor ihm ausgestreckt lag, war die Dämmerung über das Tal hereingebrochen.

»Wir müssen die Haut verstecken! Es ist Zeit, die Büffel heimzutreiben. Hilf mir, Akela!«

Die unruhig harrende Herde sammelte sich schnell im nebelgrauen Dämmerlichte. Als sie in die Nähe des Dorfes kamen, sah Mogli Fackeln leuchten, hörte die Glocken des Tempels läuten und das Getute der Muschelhörner; das halbe Dorf schien am Eingang versammelt.

»Sie warten auf mich, weil ich Shir Khan getötet habe«, dachte Mogli.

Da sauste ein Hagel von Steinen auf ihn ein; es pfiff und schwirrte ihm um die Ohren, und die Menge schrie: »Zauberer! Wolfsbrut! Fort! Dschungelteufel! Fort von hier, oder der Priester wird dich in einen Wolf verwandeln! Schieß, Buldeo, gib Feuer!«

Päng! Die Büchse krachte, und getroffen brüllte ein junger Büffel.

»Neue Zauberei!«, schrie es. »Er kann die Kugeln lenken! Buldeo, das war dein eigener Stier!«

»Was hat das alles zu bedeuten?«, fragte Mogli ganz verwirrt, als der Steinregen immer dichter auf ihn herniedersauste.

»Deine Menschenbrüder sind auch nicht viel anders als das Wolfspack!«, meinte Akela und setzte sich gelassen nieder. »Es ist in meinem Kopf, daß sie dich ausstoßen, wenn diese Geschosse etwas zu bedeuten haben.«

»Unsauberer Geist! Wolfsjunges! Hebe dich hinweg!«, rief der Priester und schwang einen Zweig der heiligen Tulsipflanze.

»Ausgestoßen? Wiederum ausgestoßen! Das eine Mal, weil ich ein Mensch war, und diesmal, weil ich ein Wolf bin!«, sagte Mogli dumpf. »Komm, Akela, laß uns gehen.«

Traurig wandte er den Rücken. Da stürzte eine Frau aus der Menge und drängte sich durch die Herde. »Oh, mein Sohn, mein Sohn!«, rief sie. »Sie sagen, du wärest ein Zauberer, der sich in ein wildes Tier verwandeln kann. Ich glaube es nicht, aber du – du mußt fortgehen, sonst werden sie dich töten. Buldeo sagt, du seist ein böser Geist, aber ich weiß es besser, ich weiß, du hast meines kleinen Nathu Tod gerächt!«

»Zurück, Messua!«, rief der Haufe. »Zurück! Oder wir steinigen dich!«

Mogli lachte – es war ein kurzes, böses Lachen, denn ein Stein hatte ihn am Mund getroffen. »Geh zurück, Messua! Das ist eine von den Mondscheingeschichten, die sie sich des Abends unter dem großen Baume erzählen. Ja! Ich habe deinen Sohn gerächt. Lebe wohl… laufe schnell… denn die Steine fliegen immer dichter, und ich werde ihnen die Büffel nachhetzen… Fort!… ich bin kein Zauberer… ich bleibe dein Sohn… Lebe wohl!«

»Noch einmal, Akela«, schrie er, »heim mit der Herde! Hai! Hai!«

Die Büffel scharrten vor Ungeduld, in ihre Ställe zu kommen. Kaum ertönte Akelas heiseres Geheul, als sie wie ein Sturmwind durch das Tor ins Dorf brausten, während die erschrockene Menge schreiend auseinanderstob.

»Zählt sie nur genau!«, rief Mogli höhnisch. »Zählt, ob sie auch alle da sind! Vielleicht habe ich einen von ihnen verschlungen oder in eine Schlange verwandelt! Ich scheide mich von euch, ihr Menschenkinder, und dankt Messua, daß ich nicht mit meinen Wölfen herbeikomme und euch durch die Straßen hetze!«

Er wandte sich und schritt mit Akela davon. Als er zu den glänzenden Sternen aufsah, fühlte er sich frei und glücklich. »Ah! Nun brauche ich nicht mehr in ihren Fallen zu schlafen, Akela! Komm, wir wollen Shir Khans Fell holen und uns fortmachen. Nein, wir wollen ihnen kein Leid antun, denn Messua war gut zu mir!«

Als der Mond über den Hügeln aufstieg und die Ebene mit milchigem Licht übergoß, sahen die Dorfbewohner mit Entsetzen, wie Mogli mit zwei Wölfen an seiner Seite und mit einem Bündel auf dem Kopfe in langem Wolfstrab dahinzog, mit dem gleichmäßigen Trott, der lange Meilen wie Feuer verschlingt.

Da schlugen sie mit aller Macht gegen die Tempelglocken und bliesen ihre Muschelhörner lauter denn je. Messua weinte, und Buldeo schilderte dem versammelten Volke seine Erlebnisse in so glühenden Farben, daß er es selbst glaubte, als er zum Schluß beschrieb, wie Akela sich auf seinen Hinterbeinen aufrichtete und in der Sprache der Menschen zu ihm redete.

Schon ging der Mond unter, als Mogli mit den beiden Wölfen zu dem Ratsfelsen gezogen kam, vorbei an der alten Höhle von Mutter Wolf.

»Sie haben mich aus dem Menschenrudel verstoßen, Mutter!«, rief Mogli. »Aber ich komme mit Shir Khans Fell, um mein Wort einzulösen!«

Mutter Wolf schob sich steifbeinig mit ihren Jungen aus der Höhle, und beim Anblicke des blutigen Felles glühten ihre Augen auf.

»Ich hab's gewußt! Als er hier mit eingezwängtem Kopfe in unsere Höhle hineinbrüllte, da hab' ich's ihm prophezeit! Der große Jäger ist meinem kleinen Frosche zur Beute gefallen. Das hast du brav gemacht, mein Sohn!«

»Wohlgetan, kleiner Bruder!«, schnurrte eine tiefe Stimme im Dickicht. »Verlassen fühlten wir uns im Dschungel ohne dich«, und Baghira trat eilig durch die Büsche an Moglis Seite.

Zusammen erstiegen sie den Ratsfelsen, und Mogli breitete das Fell Shir Khans auf dem flachen Steine aus, auf dem Akela zu liegen pflegte, und befestigte es mit vier Bambusstäben, und Akela legte sich darauf und ließ ganz wie früher, als er noch Leiter des Rudels war, seinen langgezogenen Ruf erschallen: »Äuget, ihr Wölfe, äuget scharf!« Aber die Versammlung war nicht dieselbe wie ehedem.

Seit Akelas Sturz hatten die Wölfe ohne Führer gelebt, sie jagten und kämpften ganz nach eigenem Gutdünken. Jetzt aber antworteten sie auf den Ruf nach alter Gewohnheit, doch ihre Stimmen klangen matt und heiser. Viele waren in Fallen geraten und von den scharfen Eisen lahm geschlagen worden; andere waren krank geschossen oder von böser Räude geplagt, denn sie hatten, wie der Schakal, verdorbenes Fleisch gefressen.

Viele aber fehlten! Es war eine traurige, lahme Versammlung mit blutenden Wunden und triefenden Augen, und dennoch schlichen alle, die noch am Leben waren, zum Ratsfelsen herbei und eräugten Shir Khans Fell mit den baumelnden Pranken, die im Nachtwind wehten.

»Schaut her, ihr Wölfe!«, rief Mogli. »Habe ich mein Wort gehalten?«

»Ja! Ja!«, jaulten die Wölfe; und einer, dem der Pelz arg zerzaust war, heulte mit klagender Stimme: »Sei wieder unser Führer, Akela! Und du, Menschenjunges, führe auch du uns wieder, denn wir sind es satt, ohne Gesetz zu leben, und vielleicht können wir wieder das freie Volk werden, das wir einst waren!«

»Nie und nimmer wieder!«, brummte Baghira. »Wenn ihr euch vollgefressen habt, wird die Tollheit wieder über euch kommen! Nicht umsonst nannte man euch das freie Volk! Ihr habt nun die Freiheit, nach der ihr gestrebt. Schlingt jetzt die Freiheit, ihr Wölfe!«

»Menschen und Wölfe haben mich verstoßen. Allein will ich jetzt im Dschungel jagen!«, rief Mogli; aber seine Stimme klang traurig.

»Wir, wir jagen mit dir«, riefen die vier Wolfsjungen.

Fort zog Mogli nun am gleichen Tage und jagte allein im Dschungel mit den vier Jungen von Mutter Wolf. Aber er blieb nicht immer einsam, denn nach Jahren kehrte er wieder heim zu den Menschen und nahm sich ein Weib. Doch dies ist eine andere Geschichte.

Moglis Siegeslied

Ich, Mogli, singe mein Lied des lauschenden Dschungels von meinen Taten – Shir Khan sagte, er wollte ihn töten, den Frosch, im Zwielicht des Morgens werde er Mogli töten!

Er aß und trank.

Trinke tief, Shir Khan, denn wann wirst du wieder trinken? Schlafe und träume von Mord. Allein bin ich auf grünen Gründen. Graubruder, komm her, auch du, Einsiedlerwolf, denn hier ist herrliche Beute. Treibe die Büffeltiere, die blau schimmernden Leitstiere mit den bösen Augen. Hetze sie hin und her nach meinem Willen.

Schläfst du noch, Shir Khan? So wach doch auf!

Hier komme ich und hinter mir Rama, der König der Büffel. Er stampft den Boden. Wasser des Waingunga, wohin ging Shir Khan?

Er vermag nicht, wie Ikki, Löcher zu graben, noch wie Mor, der Pfau, davonzufliegen, er kann nicht, wie Mang, die Fledermaus, an den Zweigen hängen. Knackendes Bambusgehölz, erzähle mir, wohin entwich er?

Oh, da ist er! Aha! Da liegt er unter den Füßen Ramas, der Lahme!

Auf! Shir Khan, auf! Und töte, hier ist Beute! Brich den Nacken der Stiere!

Leise, leise! Er schläft! Nur nicht wecken, nur nicht wecken den Gewaltigen, denn seine Kraft ist groß! Stoßt herab, ihr Weihen der Lüfte, zu sehen, was zu sehen ist! Eilt herbei, ihr schwarzen

Ameisen, zu erkunden, was zu erkunden ist! Wahrlich! Groß ist die Versammlung zu Ehren Shir Khans!

Alala! Ich habe kein Kleid, mich zu verhüllen! Wehe, die Räuber der Lüfte könnten sehen, daß ich nackend bin! Ich schäme mich vor all den Dschungelleuten!

Borg mir deinen Rock, Shir Khan! Borg mir dein Fell, dein lustig buntes Fell, auf daß ich zur Ratsversammlung gehen kann!

Bei dem Stier, der mein Kaufpreis war, ich habe einen Schwur getan, einen kleinen Schwur! Nur noch deinen Pelz brauche ich, Shir Khan, um mein Wort zu erfüllen!

Mit dem Messer, das des Menschen Hand gebraucht, mit dem Messer des Jägers werde ich mich jetzt bücken, mein Wort zu erfüllen.

Ihr Wasser des Waingunga, schaut her, denn Shir Khan schenkt mir seinen Rock aus Liebe… aus Liebe zu mir, Mogli, dem kleinen Frosch!

Hilf reißen, Graubruder! Hilf ziehen, Akela! Schwer ist das Fell des gewaltigen Shir Khan…

… Der Menschen Rudel zürnt mir, wirft Steine nach mir und schilt mich mit dem Geschwätz der Kinder. Es blutet mein Mund. Laßt uns flüchten! Flüchten durch die weiße Nacht! Schnell, meine Brüder, kommt mit mir! Wo der Mond leuchtet tief am Horizont, dorthin laßt uns flüchten und die Lichter des Dorfes meiden.

Ihr Wasser des Waingunga! Der Menschen Rudel stieß mich aus. Ich tat ihnen kein Leid, und dennoch fürchten sie mich. Sagt mir, warum? Du Rudel meines Volkes… Du Rudel der Wölfe… auch ihr habt mich ausgestoßen. Der Dschungel ist mir verschlossen und der Menschen Hütten auch! Sagt mir, warum?

Wie Mang nicht gehört zu den Vögeln und nicht zu den Kämpfern des Dschungels, so gehöre ich nicht zu den Menschen und nicht zu den Brüdern der Wildnis. Sagt mir, warum?

Heißa! Ich tanze auf dem blutigen Felle Shir Khans! Doch mein Herz ist so schwer! Sie trafen mich mit den Steinen vom Wege: es blutet mein Mund. Doch jubelt mein Herz: denn zurück bin ich im Dschungel. Sagt mir, warum?

Zwei Wesen ringen in mir, wie die Schlangen kämpfen im Frühling.

… Aus meinen Augen tropft salziges Wasser, und dennoch juble ich, während die Tropfen fallen. Warum?

Zwei Mogli sind in mir, aber das Fell Shir Khans stampfen beide mit meinen Füßen.

Der ganze, ganze Dschungel weiß, daß ich ihn erschlug, den Shir Khan. Blicket scharf her, ihr Wölfe!

Ach, mein Herz ist voll und schwer von all den Dingen, die mein Kopf nicht versteht!

Die weiße Robbe

Stille, sei stille, mein Kindchen…
Rings umher ist die Nacht.
Grünlich schäumende Wellen
Leuchten in dunkeler Pracht.
Stille, mein Kindchen, stille!
Wellen, sie decken dich zu,
Liegst auf schaukelnden Kissen,
Schlafe in sicherer Ruh.
Stürme nicht sollen dich schrecken,
Und kein Hai bring' dir Not,
Schlaf' in den Armen des Meeres,
Schlaf bis zum Morgenrot.

Schlummerlied der Robben

Was ich euch jetzt erzählen will, ereignete sich vor vielen Jahren in Novastoschna, hoch im Norden an der östlichen Küste der kleinen Insel St. Paul, weit, weit hinten in der Beringsee. Limmershin, der Winterzaunkönig, hat mir die Geschichte erzählt, damals, als der Passat ihn auf den Dampfer verwehte, mit dem ich nach Japan reiste; ich nahm ihn in meine Kabine und pflegte und fütterte ihn ein paar Tage, bis er kräftig genug war, wieder nach der Insel St. Paul heimzufliegen. Limmershin ist ein uralter Vogel, und er kennt viel wunderliche Mären.

Nach Novastoschna kam nie jemand, außer er hatte etwas zu tun; und eigentlich nur die Robben hatten regelmäßig dort etwas zu schaffen. Wenn der Schnee im Sommer geschmolzen ist, dann kamen sie zu Hunderttausenden aus der kalten, grauen See herbeigeschwommen, denn die Novastoschnabucht war für Robben der schönste Platz auf der ganzen Welt.

Scharfzahn, der alte, wohlerfahrene Seehund, wußte das genau, und jeden Frühling kam er herbei, gleichgültig, wo er sich gerade aufhielt – kam herbeigeschwommen, beinahe so schnell wie ein Torpedoboot, schnurstracks auf Novastoschna zu, um sich in wildem Kampfe mit seinen Genossen einen guten Platz auf den Klippen nahe der See zu erobern.

Scharfzahn war fünfzehn Jahre alt, eine mächtige graue Pelzrobbe mit fast einer Mähne auf den Schultern und langen, bösen Hundefängen. Wenn sich Scharfzahn auf den breiten Ruderfüßen aufrichtete, um Ausschau zu halten, so stand er höher als vier Fuß vom Boden – er tat das gern, und die jungen Robben blickten dann mit Ehrfurcht auf die Narben, die den ganzen Körper bedeckten und von unzähligen Kämpfen herrührten. Aber sooft er auch selbst zerschunden worden war und andere zerschunden hatte, Scharfzahn war stets bereit, seine Kräfte erneut auf die Probe zu stellen. Witterte er irgendwo einen rauflustigen Gesellen, so legte er seinen dicken Kopf auf die Seite und schloß halb die Augen, als fürchte er sich, dem Gegner in das Gesicht zu sehen; dann aber schoß er blitzschnell vorwärts – er biß und riß und schnurrte und knurrte – sein volles Gewicht von siebenhundert Pfund lag auf dem Gegner und suchte ihn zu erdrücken… und Scharfzahn hatte in solchem Falle nicht die Absicht, sich möglichst leicht zu machen.

Dennoch aber verfolgte er niemals einen Seehund, der um Gnade bat oder atemlos davonrannte, denn das war gegen das Gesetz der Bucht. Er wollte nur einen geräumigen Heimplatz für seine Frau und Kinder dicht an der Küste haben; und da jeden Frühling vierzig- bis fünfzigtausend Robben mit ganz derselben Absicht herbeikamen und keine einer anderen den Platz ohne heißen Kampf gönnte, so kann man sich leicht vorstellen, daß ihr Bellen, Pfeifen und Brüllen an der Bucht einen wahren Höllenspektakel machte.

Von der Hutchinsonhöhe, einer kleinen Erhebung am Strande, konnte man fast drei Meilen weit im Umkreis die Robben miteinander kämpfen sehen; und außerdem konnte man in der weißschäumenden Brandung unzählige schwarze Punkte bemerken: das waren neue Ankömmlinge, die sich gleichfalls einen schönen Heimplatz im bitteren Kampfe erwerben wollten. Sie bissen sich und prügelten sich überall: in dem Gischt der Brandung, auf dem weißen Sande und auf den tiefgehöhlten Felsenriffen, denn sie waren gerade so dumm und so dickköpfig, wie die Menschen es sind. Ihre Frauen kamen niemals vor Ende Mai oder dem frühen Juni zur Insel, denn sie hatten keine Lust, sich in Stücke reißen zu lassen. Die Jungen, die erst zwei, drei oder vier Jahre alt waren und noch keinen eigenen Haushalt gegründet hatten, gingen den alten Kämpfern aus dem Wege und watschelten ungefähr eine Viertelmeile in das Land hinein. Hier balgten sie sich spielend umher und nagten jedes grüne Hähnchen ab. Sie wurden Holluschickie, Junggesellen, genannt, und allein in Novastoschna gab es ihrer ungefähr zwei- oder dreihunderttausend.

Scharfzahn hatte eines Frühlings gerade seinen fünfundvierzigsten Kampf glücklich zu Ende geführt, als plötzlich Matka, sein schlankes, sanftäugiges Weibchen, aus den Wellen auftauchte. Er packte sie am Genick und zog sie, nicht eben behutsam, auf seinen erkämpften Platz. »Spät wie gewöhnlich!« grollte er. »Wo hast du denn gesteckt?«

Scharfzahn pflegte während seines viermonatigen Aufenthaltes an der Bucht kaum etwas zu essen und befand sich deshalb gewöhnlich in schlechter Stimmung. Matka hatte zwar einen anderen Empfang erwartet, aber sie war klug genug, die Antwort schuldig zu bleiben. Sie blickte umher und sagte mit einschmeichelnder Stimme: »Wie aufmerksam von dir! Du hast unseren alten Platz wiedergewonnen!«

»Das will ich meinen!«, brummte Scharfzahn. »Sieh mich doch nur an!«

Er blutete aus zwanzig offenen Wunden; eines seiner Augen war fast blind, und am ganzen Körper war er zerkratzt und zerschunden.

»Ach, ihr schrecklichen Männer!«, seufzte Matka, während sie sich mit ihrem Ruderfuß Kühlung zufächelte. »Warum könnt ihr denn nicht vernünftig sein und euch wegen der Plätze friedlich einigen? Du siehst aus, als ob du mit den Haifischen gekämpft hättest!«

»Seit Mitte Mai habe ich nichts anderes getan als gekämpft. Die Bucht ist ganz schändlich überfüllt in diesem Jahr. Ich habe mindestens hundert Burschen aus der Lukannon-Bucht getroffen, die auf der Platzsuche hierhergekommen sind. Warum können die Leute denn nicht bleiben, wo sie hingehören?«

»Ich habe oft gedacht, wir würden auf der Otterninsel viel glücklicher leben als hier«, sagte Matka.

»Bah! Nur die glattnasigen Holluschickie versuchen auf der Otterninsel ihr Heil. Wollten wir dorthin gehen, so würde man bald sagen, daß wir uns fürchten. Nein! Man muß wissen, was man sich schuldig ist, meine Liebe.«

Scharfzahn zog stolz den Kopf zwischen die fetten Schultern und tat, als ob er schliefe, aber er schielte währenddessen mit einem Auge verstohlen umher, ob er nicht irgendwo einen kampflustigen Feind erspähen könne. Die Robben waren nun vollzählig mit ihren Frauen am Strande versammelt, und ihr Geschrei und Bellen war meilenweit in allen Richtungen zu hören, selbst wenn der Sturm mit ihnen um die Wette heulte. Niedrig gerechnet, waren mehr als eine Million Robben an der Küste versammelt – alte Männchen, rundliche Weibchen, zarte Babies und Holluschickies. Unaufhörlich blökten und bellten sie, balgten sich oder spielten miteinander, warfen sich von den Klippen mit mächtigem Sprung in das aufschäumende Wasser, tauchten in Scharen wieder aus den Wellen, bedeckten jeden Fußbreit Boden am Strande und führten zu ganzen Regimentern ihre Gefechte durch im Nebel. Denn auf Novastoschna war es fast immer nebelig; nur selten brach die Sonne durch, und dann erglänzte alles für kurze Zeit von buntesten Farben.

Inmitten all des Lärms kam Kotick, Matkas Jüngster, zur Welt. Anfangs war er fast nur Kopf und Schultern, mit hellen, wasserblauen Augen, wie es sich für einen jungen Seehund geziemt. Aber etwas Besonderes war doch an ihm, was seine Mutter veranlaßte, oftmals sein Fell genau zu betrachten.

»Scharfzahn«, sagte sie schließlich, »unser Jüngstes wird ein weißes Fell bekommen!«

»Potz Austern und Muscheln!«, rief Scharfzahn unwillig. »Dummes Geschwätz! Einen weißen Seehund gab es noch nie, solange die Welt steht.«

»Nun, dann gibt es ihn eben jetzt«, sagte Matka; und sie summte leise das Lied, das alle Robbenmütter ihren Jungen vorsingen:

Bleib hübsch auf dem Lande, mein liebes Kind,
Bis sechs ganze Wochen vergangen sind!
Sonst zieht dein Kopf dich hinunter
Und, plumps, gehst du unter! Ja, unter!
Bleib hübsch auf dem Lande, mein liebes Kind,
Bis stark dir die Füße gewachsen sind,
Dann kannst du vom Felsen dich schwingen
Und, klatsch, in die Wellen springen.
Lausch hübsch meinen Worten, lausch hübsch meinem Lied,
Damit dir, mein Herzblatt, kein Unglück geschieht!…
Schließ sorglos die Äuglein, denn Mütterchen wacht,
Und träum von dem Meere! Schlaf süß! Gute Nacht!

Natürlich verstand der Kleine anfangs die Worte nicht. Er krabbelte an seiner Mutter Seite und lernte beizeiten Vater aus dem Wege gehen, wenn dieser mit einer anderen Robbe kämpfte und beide sich brüllend auf der schlüpfrigen Klippe umherwälzten. Matka schwamm regelmäßig in das Meer hinaus, um sich eine tüchtige Mahlzeit Fische zu fangen, aber sie fütterte ihr Jüngstes nur alle zwei Tage ein einziges Mal. Ihr könnt euch denken, wie Kotick dann einhaute und alles mit Haut und Gräten verschluckte.

Als er ein wenig selbständig geworden war, kroch er an den Sanddünen entlang und traf dort viele Tausende von Babies im gleichen Alter, die miteinander spielten, sich auf dem sauberen Sand schlafen legten und dann wieder zu spielen begannen. Die Eltern hüteten die Brutplätze und ließen die Kleinen ruhig gewähren, die Holluschickie waren viel zu stolz, sich mit den Babies abzugeben, und die Kleinen hatten somit ein Leben voller Freude und Herrlichkeit.

Wenn Matka von ihrem Jagdzuge auf hoher See zurückkam, eilte sie schnurstracks zum Spielplatz und blökte wie eine Schafmutter, die ihr Lamm herbeiruft. Matka lockte und lockte, bis sie Koticks bellende Antwort hörte, und die konnte sie aus all dem Brüllen und Toben heraus unterscheiden. Dann eilte sie auf dem allerkürzesten Wege zu Kotick und schlug dabei rechts und links mit den Ruderhänden um sich, so daß die spielenden Kleinen heulend und grunzend zur Seite flogen. Da nun täglich ein paar hundert Mütter auf der Suche nach ihren Kindern waren, kann man sich denken, daß es auf dem Spielplatz manchmal recht munter zuging. »Das schadet alles nichts! Solange du dich nicht im schmutzigen Wasser herumtreibst und die Räude kriegst, und nicht schwimmen gehst, wenn der Sturm das Meer aufwühlt, solange wird dir hier kein Leid geschehen!«

Junge Robben können ebensowenig schwimmen wie kleine Kinder, aber sie ruhen nicht eher, bis sie es von Grund aus gelernt haben. Als Kotick sich das erstemal in das Meer wagte, ging er natürlich zu weit hinein, und eine große Welle riß ihn in tiefes Wasser. Da zappelte er! Sein dicker Kopf zog ihn hinab, als trüge er einen Ziegelstein um den Hals, und seine Hinterfüße ragten hoch in die Luft, ganz wie es seine Mutter ihm so oft vorgesungen hatte. Hätte ihn die nächste Welle nicht wieder zurückgeworfen, so wäre er ohne Gnade jämmerlich ertrunken. Der Schrecken jedoch fuhr ihm in die Knochen und lehrte ihn, in Zukunft vorsichtig zu sein und die Ratschläge seiner Mutter zu befolgen. Er legte sich von nun an behutsam in eine der vielen Felsengrotten, in denen das Wasser ganz seicht war; die Wellen brachen sich an den Klippen und kamen zischend mit ihrem schneeweißen Schaum herbei, als ob sie etwas Großes ausrichten wollten, sie hatten aber nur noch soviel Kraft, Kotick für einen Augenblick hochzuheben. Es war eine Lust, in ihnen umherzuplanschen, und bei all dem Vergnügen vergaß Kotick nicht, scharfen Auslug auf das Meer zu halten, damit nicht plötzlich eine mächtige Welle ihn überraschte und hinwegschwemmte. Hatte er sich müde geplanscht, so kroch er auf den gelben Sand, machte ein Schläfchen und sprang wieder in die Wellen.

Endlich fühlte er sich im Wasser ganz und gar heimisch, und nun erst begann ein wahrhaft herrliches Leben. Jetzt fürchtete er die brausenden Wogen nicht mehr; er sprang mit seinen Kameraden mitten in den Gischt hinein und lachte, wenn die Wellen brüllten, als kämen sie, ihn und seine Genossen zu verschlingen. Und wie herrlich war es, oben, ganz oben auf dem weißen Kamm einer Welle pfeilschnell herbeizuschießen und dann mitten in all dem Schaum und Getöse hoch auf dem glitzernden Strande zu landen. Manchmal spielte er mit seinen Freunden »Ich bin der König im Schloß« – da ging's denn wie im Sturme über die schlüpfrigen, algenbewachsenen Felsen, durch die Luft ins Meer und wieder heraus auf die Klippen. Manchmal sah er dicht an der Küste eine lange Finnflosse aus dem Wasser hervorragen – das war Seemörder, der Haifisch, der gern junge Robben zu Mittag verspeist… das heißt, wenn er sie fangen kann. Dann flüchtete Kotick mit seinen Genossen schnell wie der Blitz in das seichte Wasser, und Seemörder ruderte langsam davon, als hätte er sich's niemals träumen lassen, an die jungen Robben zu denken!

Spät im Oktober begannen die Robben, St. Paul zu verlassen und familienweise oder in zahlreichen Herden in die weite See hinauszuwandern. Das Kämpfen und Zanken um die Heimplätze hatte aufgehört, und die Holluschickie spielten jetzt überall umher, wo es ihnen beliebte. »Nächstes Jahr«, sagte Matka zu Kotick, »wirst du ein Holluschickie sein, aber vorläufig mußt du lernen, wie man auf Fischfang geht.«

Und dann machte sich auch Scharfzahn mit Weib und Sohn auf die weite, weite Reise quer über den Stillen Ozean. Matka zeigte ihrem Jungen, wie er auf dem Rücken schlafen konnte, die Füße sachte an den Bauch gelegt und mit der kleinen Nase gerade aus dem Wasser. Es gibt keine Wiege, in der es sich so urgemütlich träumen läßt wie auf dem Kamme einer mächtigen Woge im Ozean. – Als Kotick zum erstenmal über der ganzen Haut ein sonderbares Kribbeln fühlte, sagte ihm seine Mutter, daß er nun eine »Sturmhaut« bekomme und daß das prickelnde Gefühl unter dem Felle böses Wetter bedeute. »In solchem Falle mußt du machen, daß du so schnell wie möglich davonkommst. Übrigens«, setzte sie hinzu, »du kannst vorläufig nichts Besseres tun, als blindlings dem alten Seeschwein zu folgen, denn es ist sehr weise und kennt sich aus wie kein anderer. Bald wirst du klug genug sein, deinen eigenen Weg zu finden.« Bald darauf jagte eine Schar von Schweinsfischen springend und tauchend durch das Wasser. »Hallo!«, keuchte Kotick, ihnen nacheilend. »Woher wißt ihr die Richtung, in der ihr gehen müßt?«

Der Leiter der Herde tauchte unter. Als er wieder hervorkam, war er weit entfernt, aber Kotick war im Augenblick an seiner Seite. »Wohl getan, Kleiner!« rief er, die weißen Augen rollend. »Ich fühle ein Kribbeln in der Schwanzflosse, das bedeutet, daß Sturm hinter uns kommt. Bist du aber südlich vom heißen Wasser (er meinte den Äquator), dann bedeutet das Kitzeln in der Flosse einen Sturm von Norden. Komm mit uns! Es steht hier schlimm mit dem Wasser.«

Dies war eines von den vielen Dingen, die Kotick lernen mußte, und immerzu lernte er Neues. Matka lehrte ihn, dem Dorsch nachzustellen und dem Heilbutt unter die Klippen zu folgen und allerlei Einsiedler aus ihren Schlupfwinkeln in dichtverschlungenen Seegewächsen hervorzuholen; sie zeigte ihm, wie man geräuschlos an den versunkenen Schiffen hundert Fuß unter dem Meeresspiegel entlang gleitet, um dann plötzlich wie eine Kanonenkugel durch die eine Luke hineinzuschießen, mitten unter die ahnungslosen Fische, und aus der anderen wieder hinaus.

Sie lehrte ihn tanzen auf dem Kamm der Wogen, wenn Blitze über den Himmel zuckten; wie man mit der Flossenhand den stumpfschwänzigen Albatros höflich grüßte und den Kriegsfalken, wenn sie im Winde über das Meer segelten; wie man, gleich dem Delphin, vier bis fünf Fuß hoch über das Wasser springt, Padden fest angelegt und Schwanzflosse hochgestellt; daß man die fliegenden Fische in Ruhe läßt, weil sie nur Haut und Gräten sind; wie man tief unten im Wasser einen großen Fisch pfeilschnell anrennen und ihm ein mächtiges Stück aus der Schulter beißen kann; und daß man vor allem niemals anhält, wenn man ein Boot oder Schiff erblickt, besonders sich aber vor einem Ruderboot hütet. Als sechs Monate vergangen waren, wußte Kotick von der Jagd im Meere alles, was des Wissens wert war, und während dieser ganzen, langen Zeit fühlte er kein festes Land unter den Füßen.

Eines Tages schaukelte er sich schläfrig im warmen Wasser nahe der Insel Juan Fernandez; er fühlte sich matt und unruhig, ganz so, wie es den jungen Menschen geht, wenn der Frühling kommt. Da dachte er an den prächtigen festen Strand in der Bucht von Novastoschna, siebentausend Meilen entfernt; er sehnte sich zurück nach den lustigen Spielen mit seinen Kameraden und nach dem Dufte des Seetangs, nach dem Lärm und all dem Getümmel. Ganz unwillkürlich schlug er die nördliche Richtung ein; er ruderte und ruderte, und plötzlich sah er ganze Scharen seiner alten Spielfreunde, alle mit der Nase nach Norden.

»Hallo! Da bist du ja, Kotick!«, riefen sie ihm zu. »Hurra! Dieses Jahr sind wir alle Holluschickie, und wir können den Feuertanz tanzen, in den Brechern von Lukannon und spielen auf dem jungen Gras. Aber, Kotick, wo hast du denn dein sonderbares Kleid her?«

Koticks Pelz war nun beinahe so weiß wie frisch gefallener Schnee, und obwohl er sehr stolz darauf war, sagte er ärgerlich: »Vorwärts! Laßt die dummen Fragen! Der Frühling steckt mir in den Knochen!« Und wieder schwammen sie, schwammen immer nach Norden. So kamen sie nach dem Strand ihrer Geburt und hörten schon von weitem das Kampfgebraus ihrer Väter in dem wallenden, brauenden Nebel.

In der folgenden Nacht tanzte Kotick mit den Jünglingen den Feuertanz. Das Meer auf der ganzen Strecke von Novastoschna bis Lukannon ist nämlich voll von Feuer, das in den Nächten auf den Kämmen der Wellen aufleuchtet und im Mondeslicht seltsam glüht. Und wenn die Robben sich im Wasser umherbalgen oder blitzschnell dahinschießen, lassen sie eine feurige Furche hinter sich, die sich mit glühenden Grenzlinien zitternd schließt und allmählich erlischt, bis plötzlich neue Feuerstreifen sie in anderer Richtung durchkreuzen. Als sich die jungen Robben müde getanzt hatten, zogen sie nach den Dünen des Inlands, wälzten sich behaglich im frischgrünen Seegrase und erzählten sich Geschichten, was sie alles draußen auf dem Meer erlebt und getan hatten. Sie sprachen von dem Stillen Ozean ungefähr in derselben Weise, in der sich Knaben von einem Walde unterhalten, in dem sie Vogelnester ausgenommen und Nüsse von den Bäumen geschüttelt haben. Die einjährigen Jungen glaubten natürlich, daß sie das Meer in- und auswendig kannten, und als sie gar zu weise Mienen machten, sprangen die vierjährigen Holluschickie ärgerlich unter sie und trieben sie auseinander, indem sie höhnend bellten: »Aus dem Wege, ihr milchzähnigen Austernfresser! Das Meer ist tief genug, um euch alle darin zu ersäufen. Was wißt ihr denn davon. Wartet nur, bis ihr erst um das Kap Hoorn herumgekommen seid! Dann könnt ihr reden, ihr Gelbnasen! He, du da, Jährling, wo hast du denn deinen weißen Rock gestohlen?«

»Ich habe ihn nicht gestohlen, er ist mir gewachsen«, antwortete Kotick höchst würdevoll und schickte sich an, über den naseweisen Frager herzufallen. Da sah er plötzlich ein paar schwarzhaarige Gestalten, mit flachen rötlichen Gesichtern hinter einem kleinen Sandhügel auftauchen. Kotick, der noch nie einen Menschen gesehen hatte, begann zu bellen und mit gesenktem Kopfe laut vor sich hin zu blasen. Die anderen Holluschickie krochen ein paar Schritte fort und starrten mit blöden Augen auf die Ankömmlinge. Diese waren niemand anders als Kerick Booterin, der Vormann der Robbenfänger auf der Insel, und Patalamon, sein Sohn. Sie kamen von der kleinen Niederlassung, die kaum eine halbe Meile entfernt war, um zu entscheiden, welche Robben zum Schlachtplatz getrieben werden sollten – denn man treibt die Robben ganz wie Schafe zur Schlächterei.

»Sieh doch nur«, rief Patalamon, »da ist ja eine weiße Robbe!«

Kerick Booterin wurde aschgrau in seinem von Rauch und Öl bedeckten Gesicht, denn er war ein Aleute, und Aleuten sind kein sauberes Volk. Er begann ein kurzes Gebet zu murmeln und sagte dann: »Rühr ihn nicht an, Patalamon. Es hat noch nie eine weiße Robbe gegeben. Vielleicht ist es der Geist Zaharrofs, der beim letzten Sturm ertrank.«

»Ich komme ihm nicht nahe«, meinte Patalamon. »So einer bringt Unglück. Glaubst du wirklich, der alte Zaharrof ist zurückgekommen? Ich bin ihm noch Geld schuldig für Möweneier…«

»Ruhig! Sieh dich beileibe nicht um!«, flüsterte Kerick. »Vorwärts! Treibe dort die Herde der Vierjährigen ab! Unsere Leute sollten eigentlich heute zweihundert Stück schlachten, aber es ist der erste Tag, und sie müssen sich erst einarbeiten! Hundert werden genug sein! Mach rasch!«

Patalamon klapperte mit zwei blanken Robbenknochen, und die Holluschickie hielten plötzlich mäuschenstille und rührten sich nicht vom Flecke. Dann trat er nahe an eine Herde, die etwas abgesondert lag; er klapperte und lockte, und eine Robbe nach der anderen begann sich schwerfällig zu bewegen und schnaufend den Marsch landeinwärts anzutreten. Hundert und Hunderttausende von Robben sahen, wie ihre Kameraden fortgetrieben wurden, aber sie spielten ruhig weiter, als ginge sie das gar nichts an. Kotick war der einzige, der sich über den Vorfall Gedanken machte; jedoch, er mochte fragen, soviel er wollte, niemand von seinen Genossen konnte ihm Auskunft geben. Alle stimmten überein, daß regelmäßig während zweier Monate im Jahre Menschen kämen, um die Robben landeinwärts zu treiben; was aber aus ihnen wurde, wußte niemand.

»Ich muß es herausfinden!«, sagte Kotick und folgte der abgetriebenen Herde, daß ihm fast der Atem verging.

»Die weiße Robbe kommt uns nachgelaufen!«, schrie Patalamon. »Alle guten Geister! Das ist das erste Mal, daß eine Robbe freiwillig zum Schlachtplatz folgt!«

»Still! Ruhig! Sieh dich beileibe nicht um!«, warnte Kerick. »Sicherlich ist es Zaharrofs Geist. Ich muß mit dem Priester über die Sache sprechen!«

Die Entfernung zu den Schlachtplätzen war nur gering; aber dennoch brauchten die Robben eine volle Stunde. Kerick trieb sie ganz langsam, weil das Fell sich nicht leicht abziehen läßt, wenn die Tiere erhitzt sind. Langsam gingen sie vorwärts, Schritt für Schritt, und machten dann an dem Salzhaus halt.

Kotick glaubte am Ende der Welt zu sein, aber das Brüllen und Lärmen auf den Brutplätzen drang wie ein dumpfes Brausen herüber.

Kerick setzte sich auf einen Stein, zog eine dicke Taschenuhr heraus und wartete dreißig Minuten, bis die Robben abgekühlt waren. Dann tauchten zwölf Männer aus dem Nebel auf, jeder mit einer eisenbeschlagenen Keule in der Hand;

und Kerick wies auf zwei bis drei Robben, die noch schwitzten. Mit Fußtritten wurden sie zur Seite gestoßen, und Stille trat ein. – »Los!«, kommandierte Kerick. Und die Männer hoben die schweren Keulen und schlugen fest auf die Köpfe der Robben.

Nach zehn Minuten konnte der weiße Seehund seine Spielkameraden nicht mehr erkennen. Die Felle wurden ihnen vom Kopf bis zur Schwanzspitze abgezogen und auf einen Haufen geworfen.

Kotick hatte genug gesehen. Er wandte sich und galoppierte (Robben können eine kurze Strecke sehr rasch galoppieren) der See zu, die eben gewachsenen Schnurrbarthaare vor Entsetzen gesträubt.

Er hielt nicht eher inne, als bis er sich von dem nächsten Felsvorsprunge kopfüber in das Meer stürzen konnte. Dort lag er im kühlen Schaume und ächzte jämmerlich.

»Was willst du denn hier?«, fragte barsch ein Seelöwe, denn der Felsen gehörte seinem Stamme, und die Seelöwen hielten sich gewöhnlich von den Robben in vornehmer Entfernung.

»U–a–a–a–h!«, heulte Kotick. »Sie schlagen alle Holuschickie tot – alle – alle –!«

Der Seelöwe lauschte einen Augenblick dem Lande zu.

»Unsinn!«, sagte er. »Deine Kameraden machen soviel Lärm wie immer. Du hast wohl den alten Kerick gesehen, wie er eine Herde forttrieb? Das hat er schon seit dreißig Jahren getan!«

»Ach, furchtbar! Schrecklich!« Eine mächtige Welle brach plötzlich über Kotick und hätte ihn fast fortgerissen, denn er war nicht auf seiner Hut. Im nächsten Augenblick aber stemmte er sich dagegen, gab ein paar Schläge mit den Füßen und hielt dicht vor dem Felsen.

»Bravo! Das war gut gemacht für einen einjährigen Burschen!«, sagte der Seelöwe, der eine besondere Freude an guter Schwimmkunst hatte. »Ich kann wohl verstehen, daß ein so tüchtiger kleiner Kerl wie du seine eigenen Gedanken hat. Solange ihr Robben hier jahraus, jahrein zu Hunderttausenden herkommt, müßt ihr euch nicht wundern, wenn die Menschen euch nachspüren und euch abschlachten. Und da gibt es keine Hilfe, bevor ihr euch nicht eine Insel sucht, wo die Menschen nicht hinkommen!«

»Gibt es so eine Insel?«, fragte Kotick.

»Ich bin zwanzig Jahre lang im Meere umhergeschwommen, kann aber nicht behaupten, daß ich so einen Ort je gesehen habe. Aber da du ein gescheiter kleiner Knirps bist und offenbar gerne mit Leuten sprichst, die hoch über dir stehen, so will ich dir einen guten Rat geben: gehe zum alten Hexenmeister auf der Walroßinsel. Er kann dir vielleicht Auskunft geben... Sachte, Kleiner, nur ruhig Blut... Lauf doch nicht gleich davon. Es sind volle sechs Meilen, und du siehst mir nicht aus, als ob du viel Atem übrig hast. Ich an deiner Stelle würde erst einmal an Land gehen und tüchtig ausschlafen.«

Der Rat war vernünftig. Trotz seiner Ungeduld schwamm Kotick deshalb zur Robbenbucht, legte sich auf einen Felsen und machte die Augen zu. Aber es zog und zuckte ihm in allen Gliedern, und lange ehe eine halbe Stunde vorüber war, sprang er wieder in die Wellen und schwamm gerade auf die Walroßinsel zu. Diese bestand aus einem langgestreckten Riff, nackten, rauhen Felsen, in deren Spalten und Furchen sich Schwärme von Seevögeln eingenistet hatten. Hier hausten die Walrosse in stolzer Einsamkeit.

Kotick vergaß seine Müdigkeit. Hurtig schlug er mit den Schwimmfüßen aus, so daß das Wasser vor ihm weißen Schaum aufwirbelte, und bald sah er den Hexenmeister – ein häßliches, großes, aufgedunsenes Walroß mit lang herausragenden Zähnen – auf einer niedrigen Klippe liegen.

»Wach auf!«, bellte Kotick, denn der Hexenmeister schlief und schnarchte laut. »Wach auf!« rief Kotick abermals und suchte mit seiner dünnen Stimme das Geschrei der Möwen zu übertönen. Umsonst: der Hexenmeister schnarchte fort. Da ritzte Kotick ihm mit dem scharfen Zahne die Hinterflosse, die ein wenig in das Wasser hinabhing.

»Ha! Ho! Hmpf! Was ist das? Was soll das heißen?«, rief der Hexenmeister, und er stieß das nächste Walroß an, und dieses gab den Stoß weiter, so daß die ganze Reihe der tolpatschigen Geschöpfe grunzend erwachte und mit verwunderten Augen umhersah.

»He! Ich bin's! Hierher geschaut!«, bellte Kotick, indem er sich aufrichtete und sich so groß wie möglich machte.

»Na, da hört aber doch alles auf!«, grunzte der Hexenmeister. »Da soll mich doch gleich dieser und jener!« Und alle starrten auf Kotick. Dieser ließ sich jedoch nicht irremachen und rief aus: »Gibt es irgendeinen Platz in der Welt, wo die Menschen nicht hinkommen und wo Robben ungestört wohnen können?«

»Such ihn dir selber!«, heulte der alte, böse Bulle. »Mach, daß du fortkommst. Wir haben hier anderes zu tun, als uns mit naseweisen Eindringlingen abzugeben!« und damit machte er die Augen zu.

Kotick machte seinen Delphinsprung in die Luft und rief, so laut er nur eben konnte: »Du alter, gräßlicher Muschelfresser! Hu, du großmäuliger Muschelfresser!« Er wußte sehr wohl, daß der Hexenmeister niemals in seinem Leben einen Fisch fing, sondern den Muscheln und Schalentieren im Seegrase nachstellte, obwohl er sich den Anschein gab, als sei er eine sehr gefährliche Persönlichkeit. Natürlich nahmen alle die Seemöwen und die Tauchvögel und alle Wandervögel mit langen Schnäbeln und noch viel längeren Namen den Schrei auf. – »Alter Muschelfresser!« heulte und piepste, schnatterte und schrie es von allen Seiten, so daß man mit bestem Willen sein eigenes Wort nicht hören konnte.

»Nun?«, rief Kotick nach einer Weile, als der Lärm sich ein wenig gelegt hatte. »Ist es dir vielleicht jetzt gefällig, mir eine Antwort zu geben?«

»Geh und frage die Seekühe!«, grollte der Hexenmeister. »Weichnase, ihr Leitstier, ist klug. – Falls er noch lebt, wird er dir Auskunft geben können!«

»Und was sind denn das für Leute, die Seekühe?«, fragte Kotick.

»Oh! Du kannst sie leicht erkennen«, schnatterten die Tauchvögel lachend, und die Möwen kreischten: »Sie sind die einzigen Wesen im Meere, die noch häßlicher und unmanierlicher sind als der alte Hexenmeister!«

Kotick aber schwamm schnell zurück zur heimatlichen Bucht von Novastoschna. Vergebens versuchte er, für seinen Kummer Teilnahme zu finden. Seine Genossen hörten ihn ein paar Minuten lang an, dann aber begannen sie zu gähnen oder gar ihn auszulachen. Keiner von ihnen hatte je das Schlachten mit angesehen, deshalb verstanden sie ihn auch nicht. Außerdem war Kotick eine weiße Robbe.

Sogar beim eigenen Vater fand er taube Ohren.

»Ach was«, knurrte Scharfzahn. »Sieh zu, daß du groß und stark wirst, und nimm dir dann eine Frau, dann lassen sie dich in Ruhe – die Menschen. In fünf Jahren mußt du kämpfen können wie ich.«

Seine Mutter, die gutherzige Matka, suchte ihn zu trösten. »Du wirst es nie fertigbringen, daß das Töten aufhört. Geh und spiele, mein lieber Bub!« Und Kotick schlich mit schwerem Herzen fort und tanzte traurig den Feuertanz mit den anderen.

Früh im Herbst verließ er die Bucht und schwamm ganz allein davon, nur mit einem Gedanken in seinem Kugelkopf. Er wollte die Seekühe finden, falls es solche Wesen überhaupt gab, und eine Insel entdecken, deren Ufer so steil waren, daß Menschen nicht hinkommen konnten.

So durchstreifte er unermüdlich die Ozeane von einem Ende zum anderen und schwamm oft dreihundert Meilen in einem Tag und einer Nacht. Dabei erlebte er mehr Abenteuer, als sich erzählen läßt. Mehr als einmal war sein Leben in größter Gefahr, denn die Haifische waren auf seinen Spuren; er hatte mit all dem streitlustigen Gesindel zu tun, das beständig die Tiefen des Meeres durchwandert, und mit all den wundersamen Gebilden, die keines Menschen Auge je gesehen hat und die tief, tief unten im schwarzen Wasser ihr rätselhaftes Wesen treiben. Aber soviel er auch suchte und umherschwamm und fragte – er traf keine Spur von der Seekuh oder von seiner einsamen Trauminsel.

Entdeckte er eine Bucht, die sich für Robben eignete und einen schönen Spielplatz für die Jungen bot, so sah er sicherlich in der Entfernung den Rauch eines Walfischfängers, und der Wind fegte den Geruch des Trans herüber, der aus dem Speck gesotten wurde. Oder er konnte deutliche Spuren wahrnehmen, daß die Robben einst die Insel besucht hatten und daß sie alle, alle abgeschlachtet waren.

Von einem alten, stumpfschwänzigen Albatros hörte er, daß die Kerguelen-Insel genau das sei, was er suche. Doch als er nach angestrengter Reise dort endlich anlangte und mitten in einem fürchterlichen Gewitter an den Klippen emporklomm, konnte er sogar dort die Spuren alter Robbenplätze entdecken. Wo die Menschen einmal gewesen waren – dorthin würden sie ihren Weg auch wiederfinden, das wußte er. Und so war es auch mit allen anderen Inseln, die er besuchte.

Limmershin zählte ihm eine ganze Reihe davon auf, und Kotick irrte fünf Jahre lang auf Entdeckungsreisen umher und ruhte sich nur vier Monate jedes Jahr in Novastoschna aus, wo er immer von den Holluschickie wegen seiner Trauminsel verhöhnt wurde.

Er kam nach den Galapagos-Inseln, einem gräßlichen, ausgetrockneten Platze dicht am Äquator, wo die Sonne ihn beinahe zu Tode gebraten hätte; er besuchte die Georgia-Inseln, die Orkneys, die Emerald-Insel und viele andere mehr; ja, er suchte sogar ein winziges Stückchen Land ab, das gar keinen Namen hat und südlich des Kaps der Guten Hoffnung aus der See hervorragt. Aber immer erzählten ihm die Meervölker dieselbe Geschichte. Vor langer Zeit hatten sich die Robben auf allen diesen Plätzen getummelt, aber die Menschen hatten alle getötet. Ja, er schwamm sogar über den Stillen Ozean hinaus, und als er Tausende von Meilen fortgeschwommen war, kam er zum einsamen Kap Corrientes; hier traf er einige hundert räudige Seehunde auf den Felsen, und auch sie sagten, daß die Menschen hierherkämen.

Das brach ihm fast das Herz, und er schwamm um das Kap Hoorn herum zu seinen heimatlichen Küsten. Auf dem Weg nach Norden gelangte er an eine mit grünem Wald bewachsene Insel, und am Strande fand er einen uralten, sterbenden Seehund, dem er Fische fing und alles erzählte. »Und jetzt kehre ich nach Novastoschna zurück«, endete Kotick. »Und wenn sie mich dann zum Schlachtplatz treiben, so soll es mir ganz gleichgültig sein!«

»Versuche es noch einmal«, sagte der alte Seehund. »Ich bin der letzte der Seehunde von Masaguera; und damals, als die Menschen kamen und uns zu Hunderttausenden erschlugen, da ging eine Sage an den Küsten, daß einst im Norden ein weißer Seehund erstehen und unser Volk nach einem Ort führen werde, wo es in Frieden leben könne. Ich bin alt und werde diesen Tag nicht mehr erleben; aber andere werden es. Versuche es noch einmal.«

»Ich werde es versuchen! Ich werde es!«, bellte Kotick, und sein kleiner Schnurrbart sträubte sich stolz in die Höhe. »Ich bin die einzige weiße Robbe, die es jemals gegeben hat!«

Darüber wurde er sehr froh; und als er in diesem Sommer nach Novastoschna zurückkehrte, bat ihn Matka, seine Mutter, zu heiraten und eine Familie zu gründen, denn er wäre nun kein Holluschickie mehr, sondern ein erwachsener Robbenmann, mit einer lockigen, weißen Mähne auf den Schultern und so stark und wild wie sein Vater.

»Laß mir noch ein Jahr Zeit«, tröstete Kotick die Mutter, »dann bin ich gerade sieben – und immer die siebente Welle ist's, die am weitesten den Strand hinaufrollt.«

Sonderbar genug gab es in der Bucht noch eine andere Robbe – eine liebliche Jungfrau mit schlankem Körper und glänzenden Augen –, die gerade wie Kotick ihre Heirat noch ein Jahr lang verschieben wollte. Und Kotick tanzte mit ihr den Feuertanz die ganze Lukannonküste hin in der Nacht, bevor er sich zu seiner neuen Entdeckungsreise aufmachte.

Diesmal wandte er sich westwärts, denn er folgte einem großen Schwarme von Heilbutten, da er täglich etwa hundert Pfund Fleisch brauchte, um bei Kräften zu bleiben. Dann rollte er sich zusammen und schlief, sanft gewiegt von der weichrollenden Dünung auf der Höhe der Copper-Inseln.

Um MitterNacht etwa geriet er auf Grund, unbemerkt hatten ihn Wind und Wogen auf eine dicht von Seetang überwachsene Sandbank getrieben. Starke Strömung heute, dachte Kotick und drehte sich im Halbschlaf um, dann öffnete er langsam die Augen.

»Bei der großen Brandung von Magellan«, rief er erstaunt, plötzlich vom Tangbett hochschnellend. »Was in aller Tiefsee sind denn das für Völker?«

Weder Walrosse noch Seelöwen, Walfische oder Haie waren sie, die sich hier stumm im Tang bewegten und ästen – gewaltige Tiere, zwanzig bis dreißig Fuß lang, mit schaufelartigem Schwanz. Klumpige Schädel saßen ihnen zwischen den Schultern, und seltsam wippten sie, auf den Schwänzen stehend, im Wasser, ästen und verneigten sich sonderbar feierlich voreinander, wobei sie ihre zwei vorderen Schwimmschaufeln wie Arme schwenkten.

»Ahem!«, machte Kotick, um sich bemerkbar zu machen. »Viel Vergnügen, meine Herren! Schmeckt die Mahlzeit?«

Als Antwort verneigten sich die dicken Tiere und wedelten mit den Vorderflossen. Als sie sich wieder ans Äsen machten, bemerkte Kotick, daß ihre Oberlippe gespalten war. Mit den beiden Teilen, die sie weit auseinander bringen konnten, umfaßten sie einen ganzen Büschel Seegras, stopften ihn in den Mund und verneigten sich alsdann feierlich.

»Na, das ist ja eine komische Art zu fressen«, sagte Kotick. Die Tiere verneigten sich wiederum, aber Kotick verlor nun langsam die Geduld. »Das ist ja sehr schön«, sagte er, »daß ihr etwas ganz Besonderes habt mit eurer Lippenzunge, aber deshalb braucht ihr euch doch nicht so dicke zu tun. Ihr wißt euch sehr nett zu verbeugen, wie ich sehe, aber ich möchte lieber euren Namen wissen.« Die gespaltenen Lippen zuckten, und die glasigen grünen Augen starrten, aber sie sagten kein Wort.

»Wenn ihr nicht antworten wollt, so laßt es bleiben!«, sagte Kotick. »Ihr seid die einzigen Geschöpfe, die häßlicher sind als der alte Hexenmeister – häßlicher und mit gröberen Manieren!«

Und da erinnerte er sich plötzlich, was die Seemöwen und die Tauchvögel ihm einst bei der Walroß-Insel zugerufen hatten, als er noch ein Jährling war. Er sprang vor Freude hoch auf und platschte im Wasser, daß der Schaum zischend umherflog, denn jetzt wußte er, daß er endlich, endlich das Volk der Seekühe gefunden hatte.

Er fragte sie in allen möglichen Sprachen, die er auf seinen weiten Reisen gelernt hatte, denn die Bewohner des Meeres sprechen fast ebenso viele verschiedene Sprachen wie die Menschen auf dem Lande. Aber ob er auch heulte und schrie und sich beinahe heiser redete, die Seekühe hörten ihm schweigend zu, ohne ein Wort zu erwidern. Sie sind nämlich stumm, diese sonderbaren Burschen, und können keinen Laut von sich geben; an Stelle der Sprache haben sie Zeichen, die sie mit ihren Vorderfüßen machen und vermittels derer sie sich verständigen, ungefähr ebenso wie taubstumme Menschen.

Aber Kotick wußte das natürlich nicht. Er hielt die Seekühe für sehr ungebildete Leute, und als die Sonne aufging, war es mit seiner Geduld ganz und gar zu Ende. Da plötzlich sah er, wie die plumpen Gestalten begannen, sich langsam vorwärts zu bewegen. Dann hielten sie wieder inne, verbeugten sich steif und schienen eine Art Beratung abzuhalten, um sich bald darauf wieder schwerfällig in Bewegung zu setzen.

Kotick beschloß, ihnen zu folgen, denn, sagte er sich:

»Diese Geschöpfe sind so dumm, daß sie längst von den Menschen ausgetilgt worden wären, wenn sie nicht irgendeine sichere Schutzinsel besäßen; und wo Seekühe leben können, da wird es auch für uns Robben gut sein. Aber wenn sie sich nur ein wenig beeilten!«

Es war eine recht langweilige Reise für Kotick. Die Seekühe schwammen niemals mehr als etwa zehn Meilen an einem Tage und hielten sich immer nahe an der Küste, um während der Nacht grasen zu können. Kotick kreiste um sie herum und schoß wie der Blitz über oder unter ihnen durch das Wasser, aber sie beachteten ihn nicht einmal oder verbeugten sich höchstens vor ihm in ihrer närrischen Weise, ohne sich im mindesten zu beeilen. Als sie weiter nördlich kamen, hielten sie alle paar Stunden ihre Ratsversammlungen ab, während welcher Kotick beinahe seinen Schnurrbart vor Ungeduld abkaute. Zuletzt jedoch folgten sie einer warmen Strömung, und jetzt ließ ihr Benehmen wenigstens eine Spur von Verstand erkennen.

Da – eines Nachts – Kotick wollte seinen Augen kaum trauen, fingen die dicken Seekühe an, ihre Füße hin und her zu schlagen und schneller, immer schneller durch das Wasser zu gleiten. Kotick hatte sich nicht träumen lassen, daß diese dummen Geschöpfe soviel von der Schwimmkunst verstünden. Die Strömung trug sie an einen jäh aus dem Meer aufragenden Felsen, und hier machte die ganze Herde halt. Ein paar Minuten lang hielten sie wieder mit vielen Verbeugungen ihre wunderliche Versammlung ab, dann plötzlich schossen sie senkrecht in das Meer hinab und verschwanden in den schäumend zusammenschießenden Wellen.

Kotick war ganz außer sich vor Erstaunen, als er plötzlich an Stelle all der schwankenden Gestalten nur noch den glatten Wasserspiegel vor sich sah. Schnell holte er tief Atem und stürzte sich kopfüber in die Flut… tief, tief hinab. Da bemerkte er, wie die Seekühe in ein schwarzes Loch glitten, das sich ganz unten im tiefen Wasser befand – er folgte, schwamm und schwamm, ohne vor sich etwas anderes zu sehen als stockfinstere Nacht. Kotick meinte, der Tunnel sei ohne Ende, und fast wäre er erstickt, ehe ihm auf der anderen Seite Lichtstrahlen entgegenleuchteten.

»Hunderttausend schwarze Krabben!«, sagte er, als er endlich pustend und schnaufend aus dem Wasser tauchte. »Das war ein gewagtes Unternehmen… aber es lohnte sich der Mühe.«

Die Seekühe hatten sich verteilt und nagten in ihrer trägen Weise an den Pflanzen, die an einer langgestreckten Bucht wuchsen. Koticks Augen funkelten vor Freude: das war die allerherrlichste Küste, die es geben konnte. Da zogen sich meilenweit niedrige Felsbänke hin, die sich nach dem Lande zu in prächtigen Dünen verliefen – und da waren ganz entzückende Spielplätze, und die Wellen wirbelten gerade so viel Schaum auf, um einen lustigen Tanz in ihnen zu ermöglichen, kurz, Kotick sah auf den ersten Blick, daß der Ort wie geschaffen war für eine Heimstätte der Robben. Er fühlte sich plötzlich fünf Jahre jünger, er kletterte auf die Klippen, tanzte auf dem Sande umher und sprang wieder in das Meer, um zu sehen, wie es mit dem Fischfang stünde. Die Jagd war ganz vortrefflich, und Kotick machte sich daran, die kleinen Inseln zu zählen, die in der Nähe aus dem grauen Nebel hervorlugten. Weit in die See hinaus ragten in nördlicher Richtung scharfe Riffe, die niemals einem Schiffe gestattet hätten, sich zu nähern; und von der ändern Seite war die Bucht hinter hohen, unübersteigbaren Klippen verborgen, so daß der Zutritt nur vermittels des Tunnels tief unter dem Wasserspiegel möglich war.

»Das ist ja hunderttausendmal besser als alle Novastoschnas auf der ganzen Erde zusammengenommen«, rief Kotick. »Die Seekühe müssen ein ganz Teil klüger sein, als sie aussehen. Ich fühl's der Luft und dem Wasser an, hier gibt es keine Menschen – aber selbst wenn sie kommen wollten, ihre Schiffe würden an den Klippen zerschellen, und niemand von ihnen kann über die Felsen klettern. Wenn's überhaupt einen sicheren Platz in der Welt gibt, so ist es dieser.«

Und er begann, an das Robbenfräulein zu denken, das so weit von ihm weg war; aber wenn er es auch sehr eilig hatte, nach Novastoschna zurückzukehren, erforschte er doch erst gründlich das neue Land, um über alles genau Auskunft geben zu können.

Dann tauchte er, durchschwamm den Tunnel und wandte sich in schnellem Tempo nach Süden. Niemand außer einer Seekuh oder einer Robbe hätte sich träumen lassen, daß ein so herrliches Land dort lag; und als Kotick zurückblickte auf die steil ragenden Klippen, konnte er selbst kaum glauben, daß er unter ihnen hindurchgetaucht war.

Er brauchte sechs volle Tage zur Heimreise, obgleich er gewiß nicht langsam reiste. Als er dann gerade beim Seelöwenkog an Land ging, begegnete ihm als erste die Robbe, die auf ihn wartete; und sie sah es gleich seinen Augen an, daß er die gesuchte Insel gefunden hatte.

Aber die Holluschickie und Scharfzahn, sein Vater, und die anderen Robben lachten ihn aus, als er von seiner Entdeckung erzählte. Und ein junger Seehund, etwa in gleichem Alter mit ihm, sagte: »Das ist alles sehr schön, Kotick; aber du kannst doch nicht von wer weiß woher kommen und uns plötzlich befehlen, daß wir folgen sollen. Bedenke, daß wir uns hier unsere Heimplatze erkämpft haben. Das hast du nie getan, sondern hast vorgezogen, dich im Meer herumzutreiben.«

Die anderen lachten darüber, und der junge Seehund begann seinen Kopf hin und her zu wiegen. Er hatte gerade in diesem Jahr sich einen Platz für seine Frau erkämpft und war sehr stolz darauf.

»Ich bedanke mich für eure Plätze«, antwortete Kotick. »Was hat all das Kämpfen für einen Zweck, wenn eure Kinder doch erschlagen werden?«

»Oho, wenn du kneifst, habe ich nichts mehr zu sagen«, höhnte der junge Seehund.

»Willst du mit mir kommen, wenn ich dich im Kampf besiege?«, fragte Kotick, und in seine Augen kam ein kaltes, graues Licht.

»Gut, abgemacht«, sagte der junge Seehund leichthin. »Wenn du mich besiegst, komme ich mit.«

Er hatte keine Zeit, sich eines Besseren zu besinnen, denn im nächsten Augenblick saß ihm Koticks Zahn im Nacken. Der Angriff war so plötzlich und gewaltig, daß der vorlaute Bursche den Strand hinabrollte, während Kotick ihn mit den Zähnen bearbeitete und hin und her schüttelte, als sei er nichts als ein kleiner zappelnder Fisch und keine große, ausgewachsene Robbe. Als er endlich im Wasser anlangte und den weißen Schaum mit seinem Blut färbte, ließ Kotick von ihm ab und wandte sich den anderen zu. »Fünf Jahre lang habe ich mich für euch abgequält!« rief er. »Und endlich, endlich habe ich die Insel gefunden, wo ihr glücklich und ungestört leben könnt. Aber ihr verhöhnt mich und wollt mir nicht glauben… so lange, bis man euch den dummen Kopf vom Rumpfe abhaut. Gut denn! So muß man euch das Nötige beibringen. Aufgepaßt! Wahrt eure Haut.«

Die Möwen, die kreischend umherflogen, hielten in ihrem Fluge inne, denn so etwas wie Koticks Ansturm mitten in die Robbenplätze hinein hatten sie noch niemals gesehen, obgleich sie jahraus, jahrein den Kämpfen der Robben zuschauten.

Kotick warf sich auf die größte Robbe, die er erspähen konnte, packte sie an der Kehle, würgte und zerrte sie auf dem Boden umher, bis sie laut heulend um Schonung flehte. Dann ließ er sie blutend liegen und stürzte sich auf den nächsten Gegner. Koticks Körper war in vortrefflichem Zustande; seine weiten Reisen hatten seine Muskeln gestärkt und seine Glieder geschmeidig gemacht, während die anderen Robben nach ihrer Sitte nun schon monatelang gehungert hatten und entkräftet waren.

Und wie Kotick sich unermüdlich immer wieder auf einen neuen Gegner stürzte, wie er zornig seine lange Mähne schüttelte und mit den glühenden Augen umhersah, da bot er einen prächtigen Anblick. Und als zu guter Letzt die Fünf- und Sechsjährigen in alle Windrichtungen flohen, da rief der alte Scharfzahn: »Mein Sohn, du magst ein Narr sein, aber jedenfalls bist du der beste Kämpfer unter allen Robben! … Sieh dich um! … Dein alter Vater kommt dir zu Hilfe!«

Der alte Scharfzahn fühlte sich auf einmal ganz jung; schnaufend wie eine Lokomotive kam er dahergewackelt, und im Augenblicke war er an der Seite seines Sohnes.

Matka und Koticks Freundin, die so lange auf seine Rückkehr gewartet hatten, lugten über die Felsen hinaus und bellten ihren Lieblingen Beifall zu. Ja! Es war ein herrlicher Kampf, denn die beiden fuhren fort, einzuhauen, solange noch irgendeine Robbe sich zu zeigen wagte; und als sie sich alle verkrochen hatten, watschelte Kotick mit seinem Vater am Strand auf und ab, laut bellend und die Mähne schüttelnd.

Als Nachts das Nordlicht am Himmel aufstieg und durch den Nebel seine zitternden Strahlen sandte, kletterte Kotick auf einen Felsen und sah auf alle die zerstörten Robbenplätze hinab. »Ihr habt's nicht anders gewollt«, sagte er grimmig; »jedenfalls habe ich versucht, euch ein paar Gedanken in euren dummen Kopf hineinzuhämmern!« Und dann brüllte er so laut, daß alle die blutenden Robben erschrocken aufhorchten: »Hört mich, ihr dickbäuchigen Seeigel! Wer von euch will mit mir zur neuen Insel kommen? Antwortet mir, oder ich werde euch den Mund öffnen!«

Da klang es an der ganzen Bucht entlang wie das Murmeln des Meeres, das nach der Ebbe aus dem Schöße der Erde zurückkehrt. »Wir wollen dir folgen«, lispelten Hunderte von heiseren Stimmen. »Führe uns, Kotick, du weiße Robbe.«

Aber hätten sie ihn nur genau betrachten können, so hätten sie gewußt, daß Kotick nicht mehr eine weiße Robbe war, denn sein ganzes Fell war vom Kopf bis zum Schwanze mit rotem Blute, purpurrotem Blute, befleckt. Kotick zog den Kopf stolz in die Schultern zurück. Er schloß die Augen und dachte gar nicht daran, seine vielen Wunden auch nur eines Blickes zu würdigen.

Eine Woche später verließ eine ungeheure Schar Robben – beinahe zehntausend – die Bucht. Es war Kotick mit seinem Heere – sie bedeckten das ganze Meer, so weit man nur sehen konnte. Kotick sprang zuerst an ihrer Spitze in die See und gab damit das Zeichen zum Aufbruch. Viele blieben zurück und nannten die scheidenden Robben Narren. Als aber wieder der Frühling hereinbrach über das Nordland, traf man sich in der Tiefsee zu gemeinsamem Fischfang. Und Koticks wohlgenährte Völker schilderten die Felsengestade am »Seekuhtunnel« so farbig und verlockend, daß immer mehr Robben die Buchten von Novastoschna und Lukannon hinter sich ließen, um abzuwandern nach Koticks gesegnetem Friedensreich – dem Gelobten Lande der Robben…

Lukannon

Die wehmütige Hymne des Robbenvolkes

Ich traf meine Brüder am Morgen
(doch ach! Jetzt bin ich so alt),
Traf sie, wo schäumende Brandung
sich türmt mit Urgewalt.
Ich hörte ihr fröhliches Singen,
das machtvoll die Brandung verschlang,
Den Sang der vielen Millionen,
des Robbenvolkes Sang
Am Riffe von Lukannon.
Sie sangen von sonnigen Gründen
am grauen Lagunenrand,
Sie sangen von wonnigen Scharen
im schimmernden Dünensand,
Sie sangen von nächtlichen Tänzen
in schäumender Wellenflut,
Als noch kein gieriger Jäger
vergoß der Robben Blut
Am Riffe von Lukannon.
Ich traf meine Brüder am Morgen,
(ich sehe sie nimmermehr),
Sie kamen in vielen Legionen –
heut ist die Küste leer!
Und über dem Gischt der Wellen
klang unser Willkommensang,
Wenn sich mit glitzernden Fellen

die Schar auf die Felsen schwang
Am Riffe von Lukannon.
Heil dir, du Riff von Lukannon!
Hoch sproßt dein saftiges Ried,
Und auf den leuchtenden Algen
des Meeres Dunsthauch glüht.
Trägst tausendfache Spuren
aus meiner Jugendzeit,
Als wir auf felsigen Gründen
nicht kannten Not und Leid!
Dort, wo die Robbenmutter
schon mehr denn tausend Jahr
Auf weichem Dünenbette
das Robbenkind gebar,
Am Riffe von Lukannon!
Ich traf meine Brüder am Morgen,
gebrochen, in großer Not,
Die Jäger lauern im Wasser –
mit ihnen lauert der Tod.
Die Jäger lauern am Lande,
sie dürsten nach Blut und Mord
Und schießen und schlagen und treiben
die Brüder vom Strande fort!
Sie treiben uns zum Tode
wie Schafe, Stück für Stück,
Und dennoch: wir singen die Hymne,
die Hymne vom Robbenglück
Am Riffe von Lukannon.
Entflieht! Entflieht nach dem Süden!
Und du, Gooverooska, geh!
Und singe den Mädchen des Meeres
die Hymne von unserm Weh!
Wirft wilder Sturm an die Felsen
das leere Haifischei,

Auf alten Tummelplätzen
grüßt keines Robben Schrei!...
Ihr Riffe von Lukannon,
bleibt ihr auch ewig stehn,
Die Robben werdet ihr nimmer,
ach, nimmer wiedersehn,
Ihr Riffe von Lukannon!

Rikki-Tikki-Tavi

An des tiefen Loches Rand,
In dem Ringelhaut verschwand,
Rotaug' wartet, Rotaug' droht:
Nag, heraus! Tanz mit dem Tod!
Aug' an Auge, Kopf an Kopf!
... Halte Takt, Nag!
Einem kostet's Haut und Schöpf!
... Wie du willst, Nag!
Zug um Zug und List um List!
... Auf und ab, Nag!
Wie's beim Tanze üblich ist!
... Stoße zu, Nag!
Links geschielt und rechts geschielt ...
... Hei! Vorbei, Nag! Hast verspielt ...
Weh dir, Nag!

Dies ist die Geschichte der Schlacht, die Rikki-Tikki-Tavi schlug, ganz allein, in dem Badezimmer des großen Bungalows im Distrikt Segowlee. Darsie, der Webervogel, half ihm, und Chuchundra, die Moschusratte, die an Platzangst leidet und deshalb immer an den Wänden entlangkriecht, gab ihm guten Rat. Aber den Kampf führte Rikki ganz allein durch.

Ein Mungo war Rikki – nach Pelz und buschiger Rute glich er fast einer Katze, doch Kopf und Art waren die eines Wiesels. Seine Augen und die immer bewegliche Nase schimmerten rosig; leicht konnte er sich am ganzen Körper kratzen und putzen und dabei ganz nach Belieben einen seiner Läufe benutzen. Seine Rute konnte er aufplustern, daß sie wie eine Flaschenbürste aussah; und wenn er durch das hohe Gras schnürte, ließ er seinen pfeifenden Schlachtruf ertönen: Rikki-Tikki-Tikki-Tschick!

Eines Tages schwoll der Fluß, an dem Rikki mit seinen Eltern lebte, mächtig an, denn während der ganzen Nacht war der Regen in Strömen vom Himmel gefallen. Zuletzt ergriff das schäumende Wasser den armen Rikki und riß ihn mit sich fort, sosehr er auch um sich stieß und sich wehrte. Aber er hielt seine kleinen rötlichen Augen offen, und als er an einem herabhängenden Zweige vorbeiglitt, schnappte er zu und hielt fest, bis ihm die Sinne vergingen.

Als Rikki erwachte, lag er in der heißen Sonne auf dem Rasenplatz eines fremden Gartens; und ein Knabe, der neben ihm stand, rief: »Mutter, das Wasser hat einen toten Mungo angeschwemmt. Komm, wir wollen ihn begraben.«

»Wer weiß, ob er tot ist«, meinte die Mutter. »Trage ihn herein, wir wollen ihn wärmen und trocknen.«

Sie brachten ihn ins Haus; und ein großer Mann nahm ihn hoch und sagte, er wäre nicht tot, sondern nur betäubt. So wurde er sorgsam in Watte gepackt und gewärmt. Dann schlug Rikki die roten Augen auf und nieste.

»Still jetzt«, sagte der große Mann (ein Engländer, der vor kurzem in den Bungalow eingezogen war). »Erschreckt ihn nicht, sonst läuft er davon.«

Einen Mungo erschrecken, das ist nun so ziemlich das Schwerste auf der Welt, denn er ist ganz Neugier von der Nasenspitze bis zum Schwanz. Und alle Mungovölker haben den Wahlspruch: »Lauf und sieh.« Rikki blinzelte die Watte an, beschnüffelte sie und entschied, daß sie nicht gut zu essen sei; dann streckte er sich, rannte um den Tisch, setzte sich aufrecht und leckte sich nach Katzenart – dann kratzte er sich, und mit plötzlichem Sprunge saß er auf der Schulter des Knaben.

»Keine Angst haben, Teddy«, lachte der Vater. »Das ist nun einmal seine Art, Freundschaft zu schließen.«

»Hu! Er kitzelt mich – am Kinn und nun am Halse«, rief Teddy.

Rikki-Tikki schob seinen Kopf hinter den Kragen des Knaben und schaute neugierig am Hals hinab, er schnupperte am Ohr – oben und unten – und als er in der Mitte ein Loch sah, schob er seine rosa Nase hinein. Teddy schrie auf und schüttelte sich, während Rikki zur Erde sprang und sich die Pfoten leckte. »Das soll ein wildes Tier sein?«, rief Teddys Mutter. »Es ist wohl zahm, weil wir gut zu ihm waren?«

»Alle Mungos sind so zahm«, antwortete der Vater. »Wenn Teddy ihn nicht quält, ihn nicht am Schwanz zieht oder ihn in einen Käfig zu sperren sucht, wird er ganz zutraulich werden und bei uns bleiben. Vielleicht frißt er schon.«

Man gab ihm ein Stückchen rohes Fleisch, das ihm anscheinend sehr gut schmeckte. Dann lief Rikki zur Veranda, setzte sich mitten in die Sonne und blies sich auf, bis sein schöner Pelz bis auf die Haut trocken war. Nun erst fühlte er sich wirklich wohl.

»Es gefällt mir hier viel besser als daheim im alten Loche«, sagte er zu sich selber. »Hier im Hause sind mehr Dinge zu finden, als meine ganze Familie je gesehen hat. Ich muß hierbleiben, bis ich alles beschnüffelt und ausgekundschaftet habe.«

Den ganzen Tag spürte er in allen Winkeln umher. In der Badewanne wäre er beinahe ertrunken; seine rosa Nase färbte sich ganz schwarz in dem Tintenfasse auf dem Schreibtisch, und er verbrannte sich die Zunge, als er das glühende Ende der Zigarre untersuchen wollte, die aus dem Munde des großen Mannes qualmend hervorragte. Am Abend beobachtete er neugierig in der Kinderstube, wie die Lampen angezündet wurden; und als Teddy sich ins Bett legte, probierte er, ob ihm die Strümpfe oder die Hosen des Knaben paßten. Er kletterte dann auf die Kissen und schloß die Augen, als ob er schlafen wollte. Aber er war ein rastloser Gefährte, denn bei dem kleinsten Geräusch schreckte er auf und begann eine umständliche Untersuchung anzustellen. Teddys Mutter und Vater kamen in die Stube, um gute Nacht zu sagen, und Rikki blinzelte ihnen von den Kissen entgegen.

»Nein, das geht nicht«, sagte die Mutter. »Vielleicht beißt er Teddy.«

»Er denkt nicht daran«, erklärte der Vater. »Im Gegenteil, dieser kleine Kerl hält besser Wache als ein Bluthund. Käme zum Beispiel eine Schlange in die Stube ... «

Aber Teddys Mutter wollte an etwas so Schreckliches gar nicht denken. Am nächsten Morgen stellte sich Rikki-Tikki rechtzeitig zum Frühstück ein; er hatte einen lustigen Ritt auf Teddys Schulter zur Veranda gemacht und sog schnuppernd den Duft der Teekanne, des Schinkens und der Eier in die Nase, die er sich während der Nacht wieder rosa geleckt hatte. Man gab ihm ein wenig von den süßen Bananen und gekochten Eiern, und zum Dank sprang er von Schoß zu Schoß und schnüffelte allen an den Händen herum. Er hatte sich vorgenommen, der Hausliebling zu werden, denn seine Mutter, die in der Familie des Kommandierenden Generals in Segowlee gelebt, hatte ihm genau erzählt, wie man so etwas anfangen müsse.

Nach dem Frühstück lief Rikki-Tikki in den Garten, um zu sehen, was es dort gab. Der Garten war groß und nur zur Hälfte bebaut; da standen ungeheure Rosenbüsche, um die man kaum mit zwölf großen Schritten herumgehen konnte, und Orangen- und Zitronenbäume, die das ganze Jahr lang mit Blüten und Früchten bedeckt waren. In dem anderen, wilden Teil des Gartens wuchsen Bambusrohr und dichtes Gras bis zur Manneshöhe empor – kurz, es war ein Platz, wie ihn sich ein Mungo nicht schöner wünschen konnte. Vergnügt sprang Rikki einigemal in die Luft und leckte sich die Lippen. »Das gibt hier eine prächtige Jagd«, sagte er, und bei dem Gedanken hob sich sein buschiger Schwanz erwartungsvoll wie eine Flaschenbürste. Und dann lief er umher, drang in das Dickicht, roch hier, schnüffelte dort, bis er plötzlich im Dornbusch klagende Stimmen vernahm. Es waren Darsie, der Webervogel, und seine Frau. Sie hatten ein prächtiges Nest gebaut aus zwei großen, zusammengelegten, kunstvoll mit Fasern verschnürten Blättern; und innen war es mit Watte und allerhand weichen Sachen ausgepolstert. Jetzt aber saßen sie vor dem Nest und weinten.

»Was habt ihr denn?«, fragte Rikki-Tikki.

»Ach, uns ist es schlimm ergangen!«, sagte Darsie; sein Weibchen konnte vor Schluchzen nicht sprechen. »Eins unserer Jungen ist gestern aus dem Nest gefallen, und Nag hat es gefressen!«

»Hm!«, machte Rikki-Tikki. »Das ist allerdings sehr traurig. Aber wer ist denn Nag? Ich bin hier nämlich fremd und kenne die Völker des Gartens nicht.« Darsie und seine Frau verstummten und duckten sich tief in das Nest, denn aus dem dichten Grase unter dem Dornbusch klang ein Zischen – so scharf und klar und drohend, daß Rikki-Tikki vor Schreck zwei volle Fuß zurücksprang. Und dann kroch es Zoll für Zoll heraus aus dem Gebüsch, voran der Kopf mit der ausgebreiteten Haube, bis der ganze, fünf Fuß lange Körper sichtbar war – der Körper von Nag, der großen schwarzen Kobra. Dann richtete Nag den Kopf hoch und schwang ihn hin und her und starrte auf Rikki-Tikki mit dem bösen, kalten Schlangenblick, der immer den gleichen starren Ausdruck behält, was der Kopf auch für Gedanken haben mag.

»Wer Nag ist?«, züngelte die Kobra. »Schau mich an. Ich bin Nag. Der große gnädige Brahma drückte all unserem Volk das Zeichen auf, weil die erste Kobra mit ihrer Haube den schlafenden Gott vor der brennenden Sonne schützte. Schau und zittere!«

Er spreizte weit die Haube, und Rikki-Tikki sah auf der Kehrseite das brillenförmige Zeichen. Rikki fürchtete sich wirklich einen kurzen Augenblick, dann aber erinnerte er sich, wer er sei. Obgleich er noch niemals eine lebende Kobra gesehen, so hatte ihn doch seine Mutter oft genug mit toten Kobras gefüttert, und er wußte, daß es die Lebensaufgabe eines erwachsenen Mungos war, Schlangen zu vertilgen. Nag wußte das gleichfalls, und trotz seines undurchdringlichen, starren Auges hatte er Furcht im Grunde seines kalten Herzens.

»Dummes Geschwätz!«, sagte Rikki-Tikki. »Brahma hin, Brahma her, aber du solltest dich schämen, kleine Nestküken aufzufressen.«

Nag schwieg und starrte unverwandt auf das Gras hinter Rikki-Tikki. Er wußte, daß die Anwesenheit eines Mungos im Garten für ihn und seine Familie über kurz oder lang den Tod bedeutete, und so sann er auf eine List. Um Rikki sorglos zu machen, senkte er den Kopf ein wenig und hielt ihn zur Seite.

»Laß uns vernünftig reden«, sagte er. »Du frißt Eier. Warum soll ich nicht kleine Vögel schlingen?«

»Hinter dir! Schau zurück!«, piepste angstvoll Darsie.

Rikki-Tikki war zu klug, um Zeit mit Umschauen zu verlieren. Er sprang gerade in die Luft, so hoch er konnte, und breit zischend schoß Nagainas Kopf unter ihm durch. Das Weibchen Nags war unbemerkt hinter seinen Rücken gekrochen, um ihn mit einem Biß zu erledigen. Rikki fiel auf Nagainas Rücken herab, und wäre er ein wenig älter gewesen, so hätte er ihr mit einem Biß das Rückgrat gebrochen. Wohl schlug er seine scharfen Zähne in den Körper der Schlange, aber er fürchtete einen zweiten Angriff und biß nicht tief genug, um Nagaina zu töten. Dann sprang er davon, während sich die Schlange vor Schmerzen wand.

»Jämmerlicher Verräter, Darsie!«, zischte Nag und reckte sich so hoch wie möglich empor, aber Darsie hatte sein Nest so hoch gebaut, daß es aus dem Bereich der Schlange lag, und wippte nun frohlockend auf dem Ast.

Rikki-Tikki setzte sich auf die Hinterfüße und stützte sich auf den Schwanz, gerade wie ein kleines Känguruh. Seine Augen wurden ganz rot (das ist bei den Mungos immer ein Zeichen der Wut), und er schalt und schimpfte, während er nach allen Seiten scharfen Auslug hielt.

Nag und Nagaina jedoch waren im Grase verschwunden. Wenn eine Schlange ihren Stoß verfehlt hat, verrät sie niemals, was sie zunächst zu tun beabsichtigt. Rikki-Tikki hatte keine Lust, den Flüchtlingen in das Dickicht zu folgen, denn er getraute sich nicht, den Kampf mit zwei Schlangen zu gleicher Zeit aufzunehmen. Er trabte davon und setzte sich auf den Kiesweg, nahe beim Hause, um nachzudenken. Die Sache stand ernst genug für ihn.

In alten Büchern kann man lesen, daß die Mungos sich durch ein Kraut zu heilen wissen, wenn sie beim Kampf mit einer Schlange gebissen werden. Aber das ist ein Märchen. Schärfe des Auges und Schnelligkeit allein entscheiden bei einem solchen Kampf – Stoß der Kobra gegen den Ansprung des Mungos. Aber da kein Auge scharf genug ist, den blitzschnellen Bewegungen des zustoßenden Schlangenkopfes zu folgen, so ist der Kampf des Mungos mit der Kobra an sich wunderbar genug, auch ohne die Sage vom Zauberkraut. Rikki-Tikki wußte, daß er ganz unerfahren war, aber gerade deshalb war er stolz darauf, daß er dem listigen Angriff von rückwärts siegreich ausgewichen war. Dieses Bewußtsein gab ihm Selbstvertrauen, und als Teddy herbeikam, ließ er sich gerne die Liebkosungen als schuldigen Tribut gefallen.

Plötzlich zischte ganz in der Nähe eine dünne Stimme: »Zittert alle, denn ich bin der Tod!« Karait war es, die kleine graubraune Schlange, die sich arglistig im Staube verkriecht, so daß man sie von ihrer Umgebung nicht zu unterscheiden vermag. Winzig ist der Körper Karaits, aber sein Biß ist so giftig wie der Biß der großen Kobra; und wenn man die kleine Schlange entdeckt, ist es meist schon zu spät.

Rikki-Tikkis Augen glommen wieder rubinrot. Rasch entschlüpfte er Teddys Händen und tänzelte mit dem eigentümlich schwingenden Gange seines Volkes auf Karait zu. Sie sieht sehr komisch aus, diese Gangart, aber ermöglicht eine volle Lageverschiebung des Körpers und befähigt den Mungo, ganz nach Belieben zur Rechten oder zur Linken im stumpfen oder spitzen Winkel plötzlich abzuschwenken. Rikki ahnte nicht, daß ein Kampf mit Karait weit gefährlicher war als ein Kampf mit Nag; denn Karait ist klein und dreht und wendet sich so schnell, daß er den Rückstoß blitzhaft nach dem Opfer führt, wenn er das erstemal gefehlt hat. Rikki tänzelte vor und zurück, während er nach einer Stelle zum Zufassen suchte. Karait stieß zu. Rikki sprang zur Seite und wollte schon zum Angriff übergehen; aber da stieß Karait zum zweitenmal zu, und der kleine, graue Kopf schoß um Haaresbreite an Rikkis Schulter vorbei. Dieser mußte über die Schlange hinwegspringen, deren Kopf sich wieder rasch drehte.

»Mutter! Vater!«, rief Teddy begeistert. »Unser Mungo macht eine Schlange tot.«

Teddys Mutter schrie laut, und der Vater kam mit einem dicken Stocke herbeigelaufen, als Karait zum dritten Male zustieß und zum dritten Male ihr Ziel verfehlte. Da schnellte Rikki vorwärts, nahm die Schlange zwischen die Läufe und biß mit gesenktem Fang tief in den Rücken, dicht hinterm Kopfe, und dann rollte er auf dem Kieswege mit dem zuckenden Körper zwischen den scharfen Zähnen. Der Biß hatte Karait erledigt; und Rikki schickte sich eben an, den toten Körper von dem Schwanzende an nach der Gewohnheit seines Volkes hinunterzuschlingen, als ihm einfiel, daß ein allzu gutes Mahl die Glieder lähmt, und daß er dünn bleiben müsse, um mit Schlangen kämpfen zu können. So nahm er nur ein Staubbad unter den Rizinusbüschen und sah befremdet zu, wie Teddys Vater die tote Schlange mit einem Stock bearbeitete.

Wozu noch? dachte Rikki-Tikki. Es ist doch alles zu Ende.

»Süßer Rikki«, sagte Teddys Mutter unter Tränen, während sie ihn aufnahm und auf die staubige Nase küßte. »Du hast meinen Jungen vom Tode gerettet, ich werde dir ewig dankbar sein!« Und dann küßte sie ihn wieder und lachte und weinte zu gleicher Zeit. Der Vater stimmte ihr bei, und alle streichelten Rikki, der die rosa Nase hin und her bewegte und die Familie verwundert ansah.

Beim Abendessen durfte Rikki-Tikki auf dem weißen Tischtuche zwischen all den Gläsern und Schüsseln umherspazieren. Er hätte sich dreimal mit den schönsten Leckerbissen satt essen können, aber er dachte an Nag und Nagaina, und obgleich es sehr angenehm war, geküßt und gestreichelt zu werden und auf Teddys Schulter zu sitzen, so stieg ihm dennoch ab und zu die rote Farbe in die Augen, und er stieß laut und trotzig seinen Schlachtruf hervor: »Rikki-Tikki-Tschik!«

Teddy nahm ihn mit ins Bett und legte ihn sich um den Hals. Rikki-Tikki war zu gut erzogen, um zu kratzen oder zu beißen; aber sobald der Knabe eingeschlafen war, sprang er ab und begab sich auf seine nächtliche Streife durch das Haus. Im Dunkeln stieß er auf Chuchundra, die Moschusratte, die an der Wand entlangkriecht und immer kläglich piepst, als wolle ihr das Herz vor Kummer brechen.

»Töte mich nicht!«, flehte Chuchundra. »Liebster Rikki-Tikki, laß mich am Leben!«

»Dummes Geplärr«, sagte Rikki verächtlich. »Glaubst du, ein Schlangentöter vergreift sich an Ratten?«

»Wer auf Schlangenjagd geht, kann leicht selbst gefressen werden«, meinte die Ratte, bekümmerter denn je. »Und könnte es denn nicht leicht sein, daß Nag uns beide im Dunkel der Nacht verwechselt?«

»Keine Gefahr«, sagte Rikki verächtlich. »Überdies – Nag wohnt im Garten, und du wagst dich nie aus dem Hause.«

»Nag ist überall, Rikki-Tikki! Meine Base Chua, die Feldratte, hat mir erzählt… « Chuchundra hielt plötzlich inne.

»Erzähle – Was?«

»Pst! Leise! Nag ist überall… Du solltest zu Chua gehen und mit ihr sprechen.«

»Weiß ich, ob ich sie finde? Heraus mit der Sprache! Sonst beiß ich dich!«

Chuchundra setzte sich hin und heulte, bis ihm die Tränen in die Barthaare liefen. »Arm bin ich und alt«, schluchzte er. »Ich traue mich kaum aus meinem Winkel heraus, und nun soll ich dir etwas so gräßliches erzählen!… Pst! Hörst du denn nicht?«

Rikki-Tikki lauschte. Alles lag im tiefsten Schweigen; doch nein – da tönte ganz, ganz leise ein Geräusch herüber – Schrab! – Schrab! Es war das trockene Schürfen einer Schlangenhaut auf Ziegelsteinen. Ha, dachte Rikki, das ist Nag oder Nagaina. – Ich hätte doch mit Chua reden sollen.

Behutsam huschte er davon, zu Teddys Zimmer, und als er dort nichts Verdächtiges fand, schlich er weiter zum Badezimmer von Teddys Mutter. In der einen Ecke hatte man ein Abflußloch angelegt, und hier hörte Rikki, wie Nag und Nagaina draußen beim Mondschein miteinander flüsterten.

»Wenn niemand mehr im Hause wohnt«, sagte Nagaina zu ihrem Manne, »so wird auch er fortgehen, und der ganze Garten gehört uns wieder allein. Und nun gehe vorsichtig hinein und denke daran, daß du den großen Mann zuerst tötest! Ist das geschehen, so komme heraus, und dann wollen wir beide auf die Suche nach Rikki-Tikki gehen.«

»Aber bist du auch sicher, daß es uns nützen kann, die Menschen zu töten?«

»Darüber kann kein Zweifel sein. Hatten wir hier einen Mungo im Garten, als das Haus leerstand? Nein. Damals waren wir König und Königin. Und bedenke, bald, vielleicht schon morgen kriechen die Jungen aus unseren Eiern, und dann brauchen sie Ruhe und viel Platz.«

»Du hast recht. Daran habe ich nicht gedacht. Ich werde den großen Mann, die Frau und das Kind töten, wenn ich kann. Dann brauchen wir uns Rikki-Tikkis wegen keine Sorge zu machen. Sobald erst das Haus leer ist, wird sich der Tunichtgut von selbst verziehen, und wir haben nicht nötig, mit ihm zu kämpfen.«

Rikki-Tikki zuckte am ganzen Körper vor Wut, als er dies hörte. Und dann schob sich Nags Kopf durch das Abflußloch, und der kalte, fünf Fuß lange Körper folgte langsam nach. Trotz seiner Wut erschrak Rikki-Tikki gewaltig, als er den ungeheuren Körper der Kobra so dicht vor sich sah. Nag rollte sich zusammen, hob den Kopf und lauschte in das Dunkel. Rikki konnte das kalte Glitzern seiner Augen sehen.

Wenn ich ihn hier angreife, überlegte Rikki, wird Nagaina ihm zu Hilfe kommen; wenn ich aber warte, wird er vielleicht den großen Mann töten. Was soll ich tun?

Nag schwang den Kopf hin und her und trank dann aus der Wasserurne, die zum Füllen der Wanne diente. »Der große Mann hat einen Stock«, zischte die Schlange, »mit dem er Karait tötete. Er hat ihn wohl noch, aber sicherlich wird er ihn nicht mitbringen, wenn er morgens zum Bade kommt. Ich werde hier auf ihn warten. Nagaina … hörst du mich? Ich werde hier im Kühlen bis zum Morgen auf der Lauer liegen.«

Auf das Zischen der Schlange erfolgte keine Antwort von draußen. Alles war still, und Rikki-Tikki wußte nun, daß Nagaina fortgekrochen war. Nag rollte sich rund um die große Wasserurne, und Rikki-Tikki lauschte atemlos dem Schlürfen der rauhen Schuppen an dem irdenen Gefäß. Er wagte nicht, sich zu rühren, und erst nach einer Stunde begann er sich langsam vorwärts zu bewegen. Nag schlief; Rikki-Tikki musterte prüfend den ungeheuren Körper und überlegte, wo er wohl am besten zupacken könne. »Falls ich ihm nicht das Rückgrat beim ersten Ansprunge zerbreche, dann gute Nacht, Rikki!« Er betrachtete die Stärke des Genicks unterhalb der Haube, aber auch hier konnte er den Hals nicht umspannen, und ein Biß weiter unten würde Nag nur rasend gemacht haben. Der Kopf bleibt allein übrig; ich muß den Kopf oberhalb der Haube packen und nicht wieder loslassen.

Er stand still, schaute noch einmal mit den roten Augen auf den schlafenden Nag, und dann ... dann sprang er. Der Kopf lag an der Wand des Gefäßes an, und somit hatte Rikki einen Augenblick Zeit, sich gegen das Gefäß zu stemmen und zuzubeißen, bis er seine Zähne aufeinander fühlte. Und dann begann der Kampf. Rikki wurde gezerrt und geschüttelt und hin und her geschleudert wie eine Ratte, mit der ein Hund sein grausames Spiel treibt, schlug auf den Steinboden, gegen die Wand in kurzen Stößen oder weiten Schwüngen. Aber in seinen Augen saß die rote Wut, und er hielt fest, fest an dem großen Körper, der gewaltig hin und her peitschte und mit hohlem Klange gegen die Mauern und Badewanne hämmerte. Und trotz der Stöße und Schläge preßte Rikki die Zähne fester und fester aufeinander, denn er war ganz darauf gefaßt, zu Tode geschlagen zu werden, aber zur Ehre seines Geschlechts wollte er mit geschlossenen Kiefern sterben. Er fühlte sich halb betäubt, der ganze Körper schmerzte ihn, als plötzlich ein Blitzstrahl durch das Zimmer fuhr, gefolgt von lautem Krachen. Ein heißer Wind benahm ihm den Atem, und rotes Feuer sengte ihm das Fell. Der große Mann, vom Lärm geweckt, hatte die beiden Läufe seiner Flinte auf Nag abgeschossen, gerade hinter der Haube am Kopfe.

Rikki-Tikki hielt mit geschlossenen Augen und geschlossenen Kiefern fest an dem zuckenden Körper, denn nun war er ganz überzeugt, daß er selber tot war. Der große Mann wollte ihn aufnehmen, aber Rikki ließ nicht los, bis der Mann den

Kopf der Schlange mit einem Messer vom Rumpfe getrennt hatte. Dann sperrte Rikki die Kiefer auf und ließ Nags Kopf zu Boden fallen. »Alice!«, rief der Mann. »Schon wieder der Mungo! Diesmal hat der kleine Kerl unser beider Leben gerettet.« Teddys Mutter kam herbei mit blassem Gesichte und starrte auf die blutigen Überreste von Nag.

Rikki-Tikki humpelte in Teddys Schlafzimmer und kroch mit Mühe auf das Bett. In den weichen Kissen streckte und leckte er sich und untersuchte, ob Nag ihm nicht alle Knochen im Leibe zerschlagen habe.

Als der Morgen kam, fühlte er sich zwar steif, aber zufrieden wie ein Held. Nun bleibt mir noch Nagaina übrig, überlegte er. Und der Kampf mit der Frau ist schlimmer als der mit fünf Nags. Und ihre Jungen können jeden Augenblick auskriechen, wie sie sagte. Wahrhaftig, keine Zeit ist zu verlieren. Ich muß schleunigst mit Darsie sprechen.

Noch vor dem Frühstück lief Rikki-Tikki zum Dornbusch, wo Darsie einen Triumphgesang in die Morgenröte hinausjauchzte. Die Kunde von Nags Tode war bereits in den ganzen Garten gedrungen, denn der Diener hatte den toten Körper auf den Müllhaufen geworfen.

»Leichtsinniger Federball!«, rief Rikki ärgerlich. »Dein Gesang kommt zu früh.«

»Nag ist tot – tot, tot, tot!«, flötete Darsie. »Der tapfere Rikki-Tikki packte ihn am Kopfe und ließ ihn nicht los. Und der große Mann brachte die Donnerbüchse – bum – bum, und Nag zerfiel in zwei Stücke! Niemals wieder wird er meine Kleinen fressen!«

»Gewiß, gewiß! Aber wo ist Nagaina?«, fragte Rikki, sorgenvoll umherblickend.

»Zum Badezimmer kam sie und rief nach Nag!«, fuhr Darsie fort. »Nag aber wurde herausgetragen auf dem Ende eines Besenstiels, und der schwarze Diener warf ihn auf den Müllhaufen. Heil dem rotäugigen Rikki-Tikki, dem großen

Schlangentöter!« Und Darsies kleine Kehle füllte sich mit neuem Jubel.

»Könnte ich nur zu deinem Neste kommen, ich wollte dir bald Vernunft beibringen!«, rief Rikki. »Du dummer Blasebalg! Du bist dort oben sicher, aber hier unten heißt's für mich Kampf auf Leben und Tod. Halte doch nur eine Minute deinen Schnabel, Darsie.«

»Für den großen, herrlichen Rikki-Tikki will ich alles tun«, sagte Darsie. »Was befiehlst du, Bezwinger des furchtbaren Nag?«

»Wo ist Nagaina? Ich habe doch schon zweimal gefragt.«

»Auf dem Müllhaufen sitzt sie bei dem toten Körper ihres Gatten. Hoch, König Rikki-Tikki, der Unbezwingliche!«

»Gehe zum Kuckuck mit deinem König! Kannst du mir sagen, wo Nagaina ihre Eier versteckt hat?«

»Im Melonenbeete, ganz nahe an der Mauer – dort, wo die Sonne am stärksten sticht, vom Morgen bis zum Abend – unter den großen Blättern, dort hat sie die Eier vor drei Wochen versteckt.«

»Und du hast es niemals der Mühe für wert gehalten, mir das zu erzählen? Im Melonenbeet, nahe der Mauer, sagst du?«

»Rikki-Tikki, du willst doch nicht ihre Eier fressen?«

»Aus ihren Eiern schlüpfen junge Kobras, und junge Kobras verschlingen dich und deine Kinder bei lebendigem Leibe. Darsie, wenn du nur ein Lot Vernunft hast, so fliegst du zum Müllhaufen und gibst vor, du habest dir den Flügel gebrochen, und lockst Nagaina hierher zum Dornbusch. Ich muß zum Melonenbeet gehen, aber solange sie in der Nähe des Stalles ist, kann sie mich sehen.«

Darsie besaß mehr Herz als Verstand und konnte immer nur einen Gedanken auf einmal in seinem kleinen Kopfe festhalten. Da er wußte, daß Naginas Kinder aus Eiern geboren wurden, ganz wie seine eigenen, schien es ihm unrecht, sie zu töten. Aber seine Frau war verständiger, und sie machte keinen großen Unterschied zwischen Kobras und Kobraeiern. Sie flog deshalb vom Neste und ließ Darsie zurück, um die Kleinen warm zu halten und seinen Triumphgesang vom Tode Nags zu vollenden. Darsie war in manchen Beziehungen den Menschen recht ähnlich. –

Sein Weibchen flog mittlerweile zum Müllhaufen und piepste ganz jämmerlich: »Ach, mein Flügel ist gebrochen! Der Knabe im Haus hat mit einem Stein nach mir geworfen!« Und dann flatterte sie ganz verzweifelt umher, dicht vor Nagainas Nase.

Nagaina hob den Kopf und zischte: »Oho! Du bist's? Du hast Rikki-Tikki gewarnt, als ich ihn töten wollte. Wahrhaftig, du hast dir einen schlimmen Platz ausgesucht, um lahm herumzuhüpfen!« Und sie schlängelte sich über den Kehricht vorwärts.

»Der böse Knabe hat mich mit einem Stein geworfen!«

»Nun, es mag dir vielleicht ein Trost sein, bevor du stirbst, zu wissen, daß ich dich an dem Knaben rächen werde. Mein Mann lag heute morgen tot auf dem Haufen hier, aber bevor der Abend anbricht, wird der Knabe in dem Hause ebenso still liegen. Warum läufst du fort? Ich fange dich doch. Sieh mich an, kleiner Vogel.«

Darsies Weibchen wußte Besseres zu tun, als dieser Aufforderung Folge zu leisten, denn ein Vogel, der in die starren Augen einer Schlange sieht, wird vor Entsetzen so gelähmt, daß er sich nicht vom Flecke rühren kann. Der kleine Schlaukopf flatterte von Ort zu Ort, ängstlich piepsend, aber ohne aufzufliegen; und Nagaina folgte ihm.

Rikki-Tikki hörte, wie sie auf dem Kieswege sich von dem Stalle entfernten, und er galoppierte rasch zum Melonenbeete. Dort fand er in einem schlaugewählten Verstecke fünfundzwanzig Eier etwa von der Größe kleiner Hühnereier, jedoch mit einer weißlichen Haut statt einer Schale überzogen.

»Ich kam keinen Augenblick zu früh«, sagte er, denn schon bewegten sich die jungen Schlangen unter der Haut, und seine Mutter hatte ihm eingeschärft, daß die jungen Kobras vom ersten Augenblicke an imstande seien, einen jungen Mungo oder gar einen Menschen zu töten. Er biß deshalb schnell die Spitzen der Eier ab und zerquetschte die jungen Kobras. Dann untersuchte er sorgfältig, ob er auch kein Ei verfehlt habe, und wie er sie alle drehte und wandte, entdeckte er eins, das er übersehen hatte. Er lachte grimmig und wollte eben das letzte Ei zermalmen, da hörte er, wie Darsies Weibchen entsetzt ausrief:

»Rikki-Tikki – Nagaina folgte mir in der Richtung des Hauses, und als sie sah, daß ich sie getäuscht hatte, schlüpfte sie zur Veranda … Schnell … dort sitzen sie alle … und diesmal will sie den großen Mann und alle anderen töten!«

Rikki-Tikki nahm das letzte Ei in den Mund und stürmte zur Veranda, so schnell, als habe er Flügel. Teddy saß dort mit seinen Eltern am Frühstückstische – doch Rikki-Tikki konnte sehr wohl sehen, daß sie nicht aßen. Sie glichen nicht lebenden Menschen, sondern saßen reglos wie Marmorfiguren mit weißen Gesichtern.

Nagaina lag dicht neben Teddys Stuhl – ganz dicht, so daß sie leicht in seine nackten Waden beißen konnte; sie schwenkte den Oberkörper hin und her und züngelte einen Rachegesang. »Du bist der Sohn des großen Mannes, der meinen Nag getötet hat«, zischte sie. »Sitze still. Ich bin noch nicht willens, dich zu töten. Warte noch ein paar Augenblicke. Verhaltet euch ruhig, ihr drei, ganz ruhig. Falls ihr euch regt, stoße ich zu, und falls ihr euch nicht regt, so seid ihr dennoch verloren. Hört mich an, denn dies ist mein Rachegesang.«

Teddys Augen starrten auf den Vater, der ihm angstvoll zuflüsterte: »Ruhig sitzen, Teddy, um Gottes willen. Rühre kein Glied. Ganz ruhig, Liebling.«

Da plötzlich tönte Rikki-Tikkis Stimme durch das furchtbare Schweigen: »Umgeschaut, Nagaina! Hier bin ich – kämpfe um dein Leben!«

»Alles zu seiner Zeit!« sagte sie, ohne die Augen abzuwenden. »Auch du wirst an die Reihe kommen. Sieh doch nur deine guten Freunde an, Rikki! Wie bleich sie sind! Angst haben sie. Nicht zu rühren wagen sie sich, und wenn du nur einen Schritt machst, stoße ich zu.«

»Sieh doch nach deinen Eiern in dem Melonenbeet nahe der Mauer«, keckerte Rikki. »Gehe hin und sieh nach.«

Die Schlange drehte sich halb um und erkannte das Ei neben Rikki-Tikki. »Ssss! Ah… gib es mir!« sagte sie.

Rikki-Tikki nahm das Ei zwischen die Füße, und seine Augen leuchteten tief rot. »Was für einen Preis gibst du? Für ein Schlangenei? Für eine junge Kobra? Für eine Königskobra? Für das allerletzte – das allerletzte von fünfundzwanzig jungen Kinderchen? Die Ameisen fressen alle die anderen draußen auf dem Melonenbeete.«

Nagaina entrollte sich schnell wie der Blitz und vergaß alles, des einen Eies wegen. Da langte Teddys Vater mit schnellem Griffe über den Tisch und riß den Knaben zu sich, aus der Sprungnähe der Kobra, während die Kaffeetassen und das Geschirr klirrend durcheinanderrollten.

»Überlistet! Angeführt! Angeführt!«, kicherte Rikki-Tikki. »Der Knabe ist gerettet. Ich war es – ich, der Nag gestern Nacht am Schopfe faßte und der ihm das Rückgrat zerbrach! Ich, Rikki-Tikki-Tschik!«

Und er sprang mit allen vier Füßen zugleich kerzengerade in die Luft. »Er versuchte, mich abzuschütteln, aber ich hielt ihm fest zwischen den Zähnen! Er war lange tot, bevor der große Mann ihn in zwei Stücke zerschnitt. Ich war es, Rikki-Tikki-Tikki-Tschik! Komm herbei! Nagaina! Komm herbei und tröste dich: du sollst nicht lange eine trauernde Witwe bleiben.«

Nagaina sah, daß sie den rechten Augenblick verpaßt hatte, Teddy zu töten, und das Ei lag immer noch zwischen den Pfoten Rikki-Tikkis. »Gib mir das Ei! Gib mir das letzte meiner Eier, und ich verspreche dir, fortzugehen und niemals wiederzukommen«, bat sie und ließ demütig die Haube sinken.

»Ganz gewiß – du wirst von hier fortgehen, um den Kehrichthaufen an der Seite deines Gatten zu schmücken. Vorwärts, du arme Witwe! Bereite dich zum Kampfe! Der große Mann ist fortgegangen, seine Donnerbüchse zu holen! Kämpfe, ehe es zu spät ist!«

Rikki-Tikki tanzte wie besessen um Nagaina im Kreise herum; er hielt sich stets außer Sprungweite, und seine Augen glühten wie heiße Kohlen. Nagaina raffte sich auf und stieß zu. Rikki-Tikki sprang senkrecht empor und zu gleicher Zeit nach rückwärts. Wieder und immer wieder stieß die Schlange zu, und jedesmal sauste ihr Kopf mit dumpfem Krachen auf die Matten nieder. Endlich versuchte Rikki-Tikki, seiner Feindin in den Rücken zu kommen, und Nagaina wand und drehte sich, um ihn im Auge zu behalten.

Während der Staub noch aufflog, näherte sich Nagaina allmählich dem Ei, das noch auf der Veranda lag und an das Rikki-Tikki in der Hitze des Kampfes gar nicht mehr dachte. Rikki-Tikki sann eben auf eine neue Kriegslist und holte tief Atem, als plötzlich die Schlange das Ei mit dem Maul aufraffte, die Stufen der Veranda hinabglitt und wie ein Pfeil den Pfad entlangschoß. Wenn es sich um Leben und Tod handelt, zuckt der Körper einer Kobra auf der Flucht schnell dahin, wie die schwarze Peitschenschnur auf dem Rücken eines Pferdes.

Rikki jagte ihr nach, denn er wußte, daß seine Arbeit von neuem beginnen würde, wenn sie entkäme. Die Schlange glitt geradewegs zum hohen Gras beim Dornbusch, und dort schmetterte Darsie noch immer seinen Jubelgesang aus voller Kehle. Doch seine Frau war viel vernünftiger. Sobald sie Nagaina kommen sah, flog sie vom Neste und schlug mit den

Flügeln dicht vor Nagainas Nase. Hätte Darsie ihr nur geholfen, so würden sie die Schlange vielleicht in anderer Richtung abgelenkt haben, so aber stutzte Nagaina nur einen Augenblick und setzte dann ihre Flucht weiter fort. Doch in diesem Augenblick hatte Rikki-Tikki sie eingeholt; und als sie in das Rattenloch stürzte, wo sie mit Nag ihr Heim eingerichtet hatte, saßen ihr Rikki-Tikkis weiße Zähne tief im Schwanze. Er ließ nicht los, und hinab ging's in die schwarze Öffnung über Steine und Wurzeln. In der Regel lassen es die Mungos schön bleiben, einer Kobra in ihr Loch zu folgen, aber Rikki dachte an keine Gefahr. Es war ganz dunkel in dem Loch, und Rikki konnte nicht wissen, wann Nagaina Raum finden würde, um zu wenden und zuzustoßen. Dennoch hielt er fest und streckte alle vier Füße steif aus, um sie möglichst tief in den heißen, nassen Boden einzustemmen und Nagaina in ihrem Lauf aufzuhalten.

Dann bewegte sich das Gras am Eingang des Loches nicht mehr; und Darsie sagte traurig: »Wir werden ihn niemals wiedersehen, unsern tapfern Rikki-Tikki! Der große Held ist in sein Grab hinabgestiegen! Denn Nagaina wird ihn sicherlich unten in der Erde totbeißen.«

Und damit setzte er sich vor das Nest und sang seinen Kleinen ein Trauerlied vor, das seinem betrübten Herzen entfloh, ohne daß er es erst zu dichten brauchte. Wie er nun gerade an der allerrührendsten Stelle angelangt war, zitterte das Gras hin und her, und heraus kroch Rikki-Tikki, langsam und steif und ganz mit Schmutz bedeckt. Rikki-Tikki blinzelte, denn das grelle Licht schmerzte ihn in den roten Augen, und Darsie hielt plötzlich mitten in einem tiefen Seufzer inne.

Rikki leckte und schüttelte sich und nieste. »Das wäre erledigt«, sagte er. »Die Witwe wird niemals wieder ans Tageslicht kommen.«

Und die roten Ameisen, die zwischen den Grashalmen lebten, hörten es und begannen sofort, eine nach der anderen, in das Loch hinabzusteigen, um zu sehen, ob er die Wahrheit gesprochen hatte.

Rikki-Tikki rollte sich in das Gras und schlief, wo er gerade war – schlief und schlief, bis die Sonne ganz tief am Himmel stand. Aber er hatte auch wirklich harte Arbeit getan.

»Oooah!«, gähnte er, als er endlich erwachte. »Ich gehe jetzt ins Haus zurück. Darsie, melde dem Kupferschmied, daß Nagaina tot ist – er soll es der ganzen Nachbarschaft verkünden.«

Der Kupferschmied ist ein Vogel, dessen Stimme klingt wie der Schlag eines Hammers gegen einen Kupferkessel. Er ist deshalb in allen indischen Gärten und im ganzen Dschungel der Dorfschreier, der weithin die Tagesneuigkeiten ausruft. Als Rikki-Tikki den Kiesweg hinaufging, hörte er hinter sich schon den wohlbekannten Ruf: »Ding-Dong-Tock! Nag ist tot! Ding-Dong! Nagaina ist tot! Dong-Dong-Tock!«

Da brachen alle Vögel in Jubelgeschrei aus, und sogar die Frösche sangen aus vollem Halse, denn Nag und Nagaina hatten für kleine Frösche eine ganz besondere Vorliebe gehabt.

Als Rikki im Haus anlangte, wollten ihn alle umarmen – Vater, Mutter und der Knabe –, und die Mutter weinte, und der Knabe küßte ihn ein über das andere mal auf die lehmbedeckte Nase, bis sie wieder ganz rein war. Rikki bekam ein prächtiges Essen, und dann ging er mit Teddy zusammen zu Bett.

Ganz spät am Abend kamen Vater und Mutter, um ihrem Liebling gute Nacht zu sagen. Und sie vergaßen auch Rikki-Tikki nicht dabei.

»Er hat unser aller Leben gerettet«, sagte die Mutter. »Denke doch nur, das herzige Wesen hat unser aller Leben gerettet!«

Rikki-Tikki erwachte, denn er hatte einen leisen Schlaf.

»Ach, ihr seid es«, sagte er. »Was macht ihr denn für Gesichter? Die Kobras sind alle tot, und wenn noch eine lebt, so bin ich doch da.«

Rikki-Tikki wurde bei all seinem Stolze nicht übermütig. Er hielt den Garten frei von Schlangen, denn er verstand sein Geschäft von Grund aus, und sogar die größten Kobras zitterten, wenn sie nur aus der Ferne seinen Schlachtruf hörten:

»Rikki-Tikki-Tikki-Tschik.«

Darsies Siegesgesang

Weber bin ich und Sänger zugleich,
Zwiefach an Gaben und Künsten reich.
Werfe mein Lied durch die Bahnen des Blaus,
Wirke hier unten am Faden des Baus,
Auf und hinunter, so webe mein Lied ich, so wirke und web' ich mein Haus.
Mutter, den Kopf hoch, und sei nicht mehr bang,
Sing unsern Kindern den Siegesgesang;
Erbfeind, der stets uns im Garten erschreckt,
Endlich liegt er zu Boden gestreckt.
Drohte er oft uns mit Tod aus den Rosen, nun liegt er im Mist und verreckt.
Wer war der Held, der die Schlange zerriß?
Jubelnder Dank sei ihm ewig gewiß.
Rikki, der Ritter, der Retter, der Held,
Tikki, den Blick wie von Feuer erhellt,
Rik-Tikki-Tikki mit Elfenbeinkrallen, der Jäger, der Retter der Welt!
Auf nun, ihr alle, und spreitet den Schwanz,
Beugt euch und schwingt euch und jubelt im Tanz,
Lobt ihn und werdet im Preisen nicht müd',
Schmettert wie Nachtigallen das Lied,
Rikki, dem Helden mit buschigem Schweife, dem Feuer im Auge glüht …

(Hier unterbrach Rikki das Lied, so daß der Schluß des Gesanges verlorenging.)

Toomai, der Liebling der Elefanten

Ich will mich erinnern, was ich war.
Bin müde der Fessel und Kette.
Ich will mich erinnern alter Kraft
und heimatlicher Stätte.
Ich biete den Rücken nicht länger dar
für leckere Nichtigkeiten,
Will wieder mit meiner Brüder Schar
durch des Dschungels Dickicht schreiten.
Durch Dickicht und Nacht, bis der Morgen erwacht,
Wo der Wind mich umkost, wo die Quelle lacht…
Will vergessen das Seil, das den Fuß mir hält.
Will brechen den Zaun, der das Lager umstellt,
Will hinaus zu den Lieben, die ich verlor –
Frei sein im Dschungel… frei, wie zuvor!

Kala Nag – das bedeutet: »Schwarze Schlange« – hatte der indischen Regierung siebenundvierzig Jahre treu gedient in allem, zu dem ein Elefant verwandt werden kann, und da er volle zwanzig Jahre alt war, als er gefangen wurde, so zählte er jetzt beinahe siebenzig – ein schönes Alter für einen Elefanten. Er konnte sich noch erinnern, wie er mit einem dicken Lederjoch um seinen Kopf eine schwere Kanone durch den Morast gezogen hatte – das war lange vor dem afghanischen Feldzug im Jahre 1842, und damals war er noch nicht ausgewachsen. Radha Pyari, seine Mutter, die in der gleichen Herde mit Kala Nag eingefangen wurde, hatte ihm zur Zeit seiner ersten Stoßzähne immer und immer wieder gesagt, nur wenn Elefanten Angst hätten, kämen sie zu Schaden. Kala hatte bald gemerkt, daß der Rat gut war: denn als das erstemal eine Granate in seiner Nähe platzte, rannte er schreiend rückwärts gerade in eine Gewehrpyramide hinein, und die aufgepflanzten Bajonette stachen ihn an seinen empfindlichsten Stellen. Nach dieser Erfahrung nahm Kala sich vor, nie mehr Angst zu haben, und so wurde er der beste, beliebteste und am sorgsamsten gehegte Elefant im Dienste der indischen Regierung. Er hatte viel gesehen und erlebt. Zeltlasten hatte er geschleppt im Gewicht von zwölfhundert Pfund auf langen Märschen im nördlichen Indien; er war mit Dampfwinden in ein Schiff verladen worden, mit dem er viele Tage über das unruhige Meer fuhr, hatte in einem fremden Bergland weit weg von Indien einen schweren Mörser tragen müssen und den Kaiser Theodor in Magdala auf dem Totenbett liegen sehen. Später war er wieder auf einem schaukelnden Schiff heimgekehrt, würdig, wie die Soldaten sagten, die abessinische Tapferkeitsmedaille zu tragen. Dann hatte er hoch oben in den nördlichen Bergen in Ali Musjid sein eigenes Volk an Kälte, Hunger, Entbehrungen und Sonnenstich leiden und sterben sehen; und darauf war er Tausende von Meilen südwärts gesandt worden, um auf den Bauhöfen in Moulmein schwere Balken aus Teakholz zu schleppen und zu stapeln. Dort schlug und stieß er einen ungehorsamen jungen Elefanten halbtot, der sich eigensinnig weigerte, seinen Anteil an der Arbeit zu verrichten.

Nach all diesen Erlebnissen wurde er mit einigen Dutzend anderen Elefanten in die Garoberge geschickt und mußte dort erlernen, bei dem Fang seiner wilden Stammesgenossen behilflich zu sein.

Die Elefanten stehen unter dem ausdrücklichen Schutze der indischen Regierung. Eine besondere Ministerialabteilung beschäftigt sich ausschließlich mit der Jagd und dem

Abrichten der gefangenen Tiere, um sie dann je nach Bedarf im Lande zu verteilen.

Kala Nag stand zehn Fuß hoch über dem Boden; seine mächtigen Stoßzähne waren der Sitte gemäß vorne abgeschnitten und an ihren Enden mit Kupferbändern umspannt, um sie vor dem Zersplittern zu schützen. Er konnte mit diesen noch immerhin fünf Fuß langen Stümpfen mehr ausrichten als die nicht abgerichteten Elefanten mit ihren vollgewachsenen scharfen Stoßzähnen.

Wenn nach wochenlangem, mühsamem Jagen in den Bergen etwa vierzig oder fünfzig wilde Kolosse endlich in die letzte Umzäunung getrieben waren und das schwere Falltor aus Baumstämmen dröhnend hinter ihnen niederfiel, begab sich Kala Nag auf ein Kommandowort in das stampfende, schnaubende, sich wild drängende Gewühl (gewöhnlich bei Nacht, wenn der flackernde Schein der Fackeln die eingefangenen Tiere unsicher machte), suchte sich den stärksten und wildesten Bullen aus der Masse und hämmerte und stieß so lange auf ihn ein, bis er Ruhe gab, während Männer auf dem Rücken der anderen Arbeitselefanten die schwächeren Tiere mit Stricken einfingen und fesselten.

Der weise, alte Kala Nag war ein erfahrener Meister in allen Arten des Kampfes. So manches Mal hatte er dem verwundeten Tiger mutig getrotzt – er rollte den Rüssel zusammen, um ihn vor einem Biß zu schützen, und stieß mit dem dicken Kopf das anspringende Tier hoch in die Luft, daß es einen Purzelbaum schoß. Diesen Kunstgriff hatte er allein erfunden; und ehe der Tiger wieder auf die Beine springen konnte, warf sich Kala Nag auf ihn mit den Knien und erdrückte ihn mit seiner Wucht, bis das Leben mit Ächzen und Stöhnen aus dem Körper wich und nichts übrigblieb als ein zermalmter, gestreifter Kadaver, den Kala Nag am Schwanze griff und fortzog.

»Jawohl!«, sagte der große Toomai, sein Hüter, der Sohn des schwarzen Toomai, der Kala nach Abessinien begleitet hatte, und Enkel des alten, im ganzen Dschungel berühmten Toomai, der bei dem Fange Kalas behilflich gewesen war. »Jawohl, die Schwarze Schlange hat vor nichts Furcht außer vor mir. Drei Generationen meiner Familie haben ihn gefüttert und gepflegt, und er wird lange genug leben, um die vierte zu sehen.«

»Vor mir hat er auch Furcht«, quäkte der kleine Toomai, ein brauner Dreikäsehoch in Lumpen.

Er war zehn Jahre, der Älteste des großen Toomai, und dem Herkommen gemäß würde er dem Vater im Amte folgen, sobald er erwachsen war; würde dann auf Kalas Nacken sitzen und den schweren eisernen Ankus, den Elefantenstab, halten, der in den Händen seiner Vorfahren glatt und glänzend geworden war. Er wußte genau, was er sagte, denn er war im Schatten Kala Nags geboren, hatte, ehe er laufen konnte, mit Kala Nags Rüssel gespielt, und hatte ihn zur Tränke geführt, sobald er nur vermochte, ein Bein vor das andere zu setzen. Kala Nag würde nie daran gedacht haben, sich den schrill gepiepsten Befehlen des kleinen Toomai zu widersetzen; ebensowenig, wie er damals sich hatte einfallen lassen, ihn zu töten, als der große Toomai seinen neugeborenen Sohn unter Kala Nags Rüssel legte und ihm befahl, seinen zukünftigen Meister zu grüßen.

»Ja!«, wiederholte der kleine Toomai, »vor mir hat er Angst.« Er ging mit langen Schritten zu Kala Nag, schimpfte ihn altes fettes Schwein und ließ ihn die Füße aufheben, einen nach dem andern. »Wah! Du mußt alles tun, was ich sage.« Der Kleine schüttelte seine Locken und sprach ganz wie sein Vater. »Zwar bezahlt die Regierung für euch Elefanten, aber dennoch gehört ihr uns Mahouts. Wenn du alt bist, Kala Nag, wird ein reicher Rajah kommen und dich von der Regierung kaufen, weil du so groß und gescheit bist und weil ich dir soviel Kunststücke beigebracht habe. Dann bekommst du goldene Ohrringe und brauchst weiter nichts zu tun, als einen goldenen Thronsitz auf deinem Rücken zu tragen und in den Prozessionen des Königs an der Spitze zu schreiten. Und ich selbst, o Kala Nag, werde auf deinem Rücken sitzen, einen silbernen Ankus in der Hand, und Männer mit goldenen Stäben werden vor uns herlaufen und rufen: ›Platz für den Elefanten des Königs!‹ Das wird schön sein, Kala Nag, aber nicht so schön wie das Jagen im Dschungel!«

»Umph!«, sagte darauf der große Toomai. »Du bist wild wie ein Büffelkalb. Du kannst der Regierung bessere Dienste leisten, als im Dschungel zu jagen. Ich werde alt und bin kein Freund der wilden Elefanten. Feste Stationen ziehe ich vor, gemauerte Elefantenställe, einen Verschlag für jedes Tier und starke Pflöcke zum Festmachen; dazu ebene, breite Straßen, um die Neuen einzuüben, das ist mir lieber als das Herumhetzen von Station zu Station im Dschungel. Ah – wie schön waren die Kasernen in Cawnpore mit dem Basar dicht daneben und täglich nur drei Stunden Dienst!«

Der kleine Toomai erinnerte sich sehr wohl an die Elefantenställe zu Cawnpore und schwieg still. Er zog das Lagerleben bei weitem vor und haßte die flachen, breiten Übungswege, das tägliche Weiden auf besonders instand gehaltenen Grasplätzen, und vor allem die langen, trägen Stunden, in denen er nichts tun konnte als zusehen, wie Kala Nag sich zwischen seinen Pfählen rastlos hin und her wiegte. Der kleine Toomai liebte es, felsige Wege hinaufzuklettern, wohin sich nur ein Elefant wagt, liebte es, in die Täler hinabzutauchen, wo das Wildschwein und der Pfau erschrocken unter Kalas Füßen davonflohen, oder bisweilen einmal in meilenweiter Ferne äsende Herden wilder Elefanten zu erspähen. Die warmen Regen liebte der Knabe, wenn Hügel und Täler von den niedergehenden Güssen dampften, liebte die tauigen, nebligen Morgen, da niemand wußte, wo man am Abend lagern würde – die lange, mühsame Treibjagd auf wilde Elefanten, das Eintreiben der Gefangenen, die wie Blöcke im Bergsturz in die festen Umzäunungen polterten, und wenn sie merkten, daß sie nicht mehr hinauskonnten, sich wütend gegen die dicken Pfähle warfen. Dann war der Augenblick gekommen, grell leuchtende Fackeln zu schwingen, blinde Schüsse abzugeben und Lärm zu machen, als seien alle bösen Geister aus dem schwarzen Dschungel herbeigekommen. Ja, das war ein herrliches Leben! Und dabei konnte auch ein kleiner Knabe sich nützlich erweisen, und Toomai richtete soviel aus wie drei Knaben zusammengenommen, wenn er mit der Fackel umherschlug und sich heiser gellte.

Aber die rechte Freude begann erst, wenn die eingebrachten wilden Elefanten zum Gehorsam gebracht wurden und die Keddah, die weite Umzäunung, aussah wie ein Bild vom Untergang der Welt. Dann kletterte der kleine Toomai auf einen zitternden Pfosten, seine langen, braunen Haare flatterten im Wind, und sein schwarzer Schatten tanzte im Fackellicht. Das Trompeten und Schreien der Tiere war so betäubend, daß man sein eigenes Wort nicht vernahm. Sobald aber das Urweltgetöse etwas verebbte, drangen des Knaben schrille, befehlende Rufe an Kala Nags Gehör durch all das Gewirr und Gebrüll, das Krachen der reißenden Stricke, das Schnauben und Trompeten der gefesselten Elefanten. »Mail, mail, Kala Nag! (Geh an, geh an, ›Schwarze Schlange‹!) – Dant do! (Stoße ihn!) – Somalo! Somalo! (Vorsicht! Vorsicht!) – Maro! (Schlage ihn!) – Arre! Arre! Yai! Yai! Kya-a-ah!« So rief er, während der laute Kampf zwischen Kala Nag und seinem wilden Gegner von einem Ende der Umzäunung zum anderen tobte, mitten durch das Gewühl der anderen Tiere, die heulend und trompetend zur Seite flohen. Die alten Elefantenjäger wischten sich den Fackelruß aus den Augen und nickten dem kleinen Toomai zu, der vor Aufregung auf seinem Pfosten herumhopste.

Ja, er tat mehr als nur schreien. Eines Nachts glitt er von der Höhe des Pfostens herunter und stürzte mitten unter die tobenden Elefanten, um einem Treiber das Ende eines herabgefallenen Seils zuzuwerfen, mit dem das Bein eines störrischen Jungen gefesselt werden sollte. Junge Elefanten sind weit mutwilliger und schwerer in Ordnung zu halten als die alten. Kala Nag sah seinen kleinen Herrn in Gefahr, zerstampft oder zerquetscht zu werden; er stürzte herbei, nahm den Knaben vom Boden auf und überreichte ihn stolz dem großen Toomai, der seinem Sohn rechts und links ein paar Ohrfeigen gab und ihn auf den Pfosten zurücksetzte.

Am nächsten Morgen schalt ihn der Vater noch gehörig aus und sagte: »Ist denn das Leben in den Elefantenställen und das Zelttragen nicht genug für dich, daß du auf eigene Faust auf Elefantenfang ausgehen mußt, du Tunichtgut? Diese schmutzigen Elefantenjäger, die geringeren Sold bekommen als ich, haben Petersen Sahib alles erzählt.«

Der kleine Toomai erschrak. Er wußte nicht viel von den weißen Männern, aber eins wußte er: daß Petersen Sahib für ihn der mächtigste Mann in der Welt war. Er stand an der Spitze aller Unternehmungen, er allein fing alle die Elefanten ein für die indische Regierung, und er wußte mehr über Fährten und Gewohnheiten der gewaltigen Dickhäuter als irgendein Sterblicher.

»Was … was wird werden?«, fragte der kleine Toomai.

»Werden? Das Schlimmste kann werden. Petersen Sahib ist übergeschnappt, würde er sonst die wilden Teufel jagen? Vielleicht wird er sogar einen Elefantenjäger aus dir machen wollen – dann mußt du des Nachts irgendwo in diesen fieberdurchseuchten Dschungeln schlafen, bis du zu guter Letzt im Keddah zu Tode getrampelt wirst. Das kommt von deiner Dummheit, du Taugenichts … Aber vielleicht wird es diesmal noch gut abgehen. Nächste Woche hört das Jagen auf, und dann werden wir Leute vom Flachland zu unseren Stationen zurückgesandt. Dann marschieren wir wieder auf glatten Wegen und vergessen all das verrückte Jagen. Ja, mein Sohn, ich bin sehr böse auf dich, da du dich in Sachen mischst, mit denen von Rechts wegen nur diese schmutzigen Dschungelleute aus Assam zu tun haben. Glaubst du etwa, daß ich in die stinkigen Keddahs stiege, wenn Kala Nag ohne mich arbeiten würde? Aber er ist nur ein Kampfelefant und zum Führen der Gefesselten nicht zu brauchen. So habe ich meinen festen Platz, wie es einem Mahout zukommt, einem Mahout sage ich, nicht einem einfachen gewöhnlichen Jäger – und einem Manne, der am Ende seiner Dienste eine Pension bekommt. Soll denn das Geschlecht der Toomai in den Schmutz einer Keddah hinabgezerrt werden? Lauselümmel! Marsch – gehe jetzt Kala Nag waschen, vergiß aber nicht seine Ohren und suche nach Dornen in seinen Füßen. Marsch, sonst fängt dich Petersen Sahib ein und macht dich zum dreckigen Elefantenjäger, zum erbärmlichen Fährtenläufer und Dschungelbären. Bah! Pfui! Fort mit dir!«

Der kleine Toomai schlich fort, ohne ein Wort zu sagen, aber er schüttete seinem Freunde Kala Nag sein ganzes Herz aus. »Macht alles nichts«, tröstete er sich, als er Kalas Füße untersuchte, »sie haben Petersen Sahib meinen Namen genannt … und vielleicht … vielleicht … wer weiß? Hai! Einen mächtigen Dorn hast du da! Halte still! Na, nun ist er heraus!«

Während der nächsten paar Tage wurden die neu eingefangenen Elefanten eingewöhnt. Sie mußten zwischen zwei abgerichteten Tieren auf und ab gehen, um sich an den Marsch in die Ebene zu gewöhnen.

Dann kam Petersen Sahib auf seiner klugen Elefantin Pudmini in das Lager geritten, um das Auszahlen der Löhne zu überwachen, denn die Jagd ging nun zu Ende. Ein schwarzer Schreiber saß an einem Tisch unter einem Baum und zahlte den Treibern aus der Ebene ihren Lohn aus. Sobald einer sein Geld empfangen hatte, ging er wieder zu seinem Elefanten, um sich der langen Reihe anzuschließen, die zum

Abmarsch bereitstand. Die Jäger und Einfänger, die dauernd zu den Keddahs gehörten und jahraus, jahrein im Dschungel blieben, saßen auf den Rücken der Elefanten, die zu Petersen Sahibs ständiger Jagdabteilung gehörten, oder lehnten mit ihren Büchsen an Baumstämmen und machten sich über die Treiber aus der Ebene lustig oder lachten, wenn ein frisch gefangener Elefant schnaubend aus den Reihen ausbrach.

Der große Toomai trat mit dem kleinen Toomai zum Schreiber; und Machua Appa, der Vormann der Fährtensucher, sagte leise zu seinem Freunde: »Der da hat ganz das Zeug zu einem Elefantenjäger. Schade, in der Ebene unten wird der junge Dschungelhahn wohl gründlich mausern.«

Petersen Sahib hatte seine Ohren überall, nicht das kleinste Geräusch entging ihm; und das war auch notwendig für einen Mann, der das schweigsamste von allen lebenden Wesen belauscht – den wilden Elefanten. Der Sahib, bequem auf dem breiten Rücken seiner Pudmini ausgestreckt, wandte sich dem Sprecher zu: »Was höre ich da? Ich habe noch niemals einen Flachlandtreiber gesehen, der auch nur einen toten Elefanten richtig zu seilen verstand.«

»Das ist kein Mann, sondern ein Knabe. Beim letzten Treiben ist er in die Keddah gelaufen und hat dem Barmao dort das Seil zugeworfen, als wir das junge Kalb mit der Blesse an der Schulter von seiner Mutter trennen wollten.«

Machua Appa deutete auf den kleinen Toomai, Petersen Sahib sah ihn an, und der kleine Toomai verbeugte sich bis zur Erde.

»Der Knirps da hat ein Seil geworfen? Er ist ja kaum drei Käse hoch. Komm mal her – wie heißt du denn?«

Der kleine Toomai fürchtete sich so, daß er kaum sprechen konnte. Aber Kala Nag war hinter ihm, und auf ein Zeichen mit der Hand nahm ihn der Elefant mit dem Rüssel hoch in die Luft und hielt ihn gerade vor den mächtigen Sahib. Da verdeckte der Knabe seine Augen mit den Händen – denn er war ja doch nur ein Kind und in allen Dingen, falls es sich nicht um Elefanten handelte, so scheu, wie nur ein Kind sein kann. »Oho!« sagte Petersen Sahib und strich sich lächelnd den langen Schnurrbart, »und aus welchem Grunde hast du die ›Schwarze Schlange‹ denn dieses Kunststück gelehrt? Wohl, damit du das Korn von den Dächern stehlen kannst, wenn es zum Trocknen ausliegt?«

»Nicht Korn, Beschützer der Armen – Melonen!« sagte der kleine Toomai, und alle ringsherum brachen in schallendes Gelächter aus. Die meisten hatten in ihrer Jugend den Elefanten dasselbe Kunststück beigebracht. Der kleine Toomai schwebte acht Fuß über dem Boden und wünschte sehnlichst, mindestens ebenso tief unter der Erde zu liegen.

»Er ist mein Sohn, Sahib«, sagte der große Toomai mürrisch. »Er ist ein Taugenichts und wird wohl im Gefängnis enden, Sahib!«

»Daran zweifle ich«, antwortete der mächtige Mann, und seine Augen sahen aus, als wollten sie sich in den alten Toomai hineinbohren. »Ein Knabe, der sich so jung in eine volle Keddah hineinwagt, endet nicht im Gefängnis. Hier hast du vier Annas, kaufe dir Zuckerwerk; denn du hast einen Kopf unter deinem großen Schopf. Später, wenn es soweit ist, kannst du vielleicht ein Jäger werden.« Des großen Toomai Gesicht zog sich noch mehr in die Länge. »Aber vergiß nicht«, fuhr der Sahib fort, »Keddahs sind keine Spielplätze für Kinder.«

»Darf ich denn niemals wieder hineingehen?«, fragte der kleine Toomai mit stockender Stimme.

»Doch!«, Petersen Sahib lachte verstohlen. »Sobald du den Tanz der Elefanten gesehen hast. Dann ist die rechte Zeit. Komme zu mir, wenn du die Elefanten hast tanzen sehen, dann stehen dir alle Keddahs offen.«

Wieder erscholl ein lautes Gelächter ringsherum; denn das ist ein alter Scherz der Elefantenjäger und bedeutet: niemals!

Tief in den Dschungeln versteckt liegen weite, flach getretene Lichtungen, Ballsäle der Elefanten genannt; aber nur selten findet man sie durch Zufall, und noch nie sah ein menschliches Auge den Tanz der Elefanten. Wenn ein Treiber mit seiner Tapferkeit prahlt, dann fragen die anderen höhnend: »Wann hast denn du die Elefanten tanzen sehen?« Kala Nag ließ seinen kleinen Herrn zu Boden; der Knabe machte wiederum eine tiefe Verbeugung und ging mit dem grollenden Vater davon. Er gab das Silberstück seiner Mutter, die das kleine Brüderchen nährte; dann wurde die ganze Familie auf Kala Nags Rücken verstaut, und der lange Zug der murrenden und gurgelnden Elefanten setzte sich über den gewundenen Hügelpfad nach dem Flachland in Bewegung. Es wurde ein recht unruhiger Marsch, denn die neugefangenen Elefanten zeigten sich bei jeder Furt widerspenstig und bedurften fortwährend beruhigender Worte oder klatschender Stockhiebe.

Der große Toomai bearbeitete Kala Nag mit dem eisernen Stachel, denn er war ärgerlich; aber der kleine Toomai döste glückselig vor sich hin. Petersen Sahib hatte ihn zu sich gerufen und ihm sogar Geld gegeben, und so fühlte er sich wie ein Soldat, den der General aus Reih' und Glied gerufen und öffentlich gelobt hat.

»Was hat denn der Sahib mit dem Elefantentanz gemeint?«, fragte er endlich leise seine Mutter.

Aber der Vater hörte ihn und sagte verächtlich: »Daß du niemals so ein Bergbüffel von Fährtensucher werden sollst, das meinte er. Heda! – ihr da vorn! – was versperrt den Weg?«

Ein assamesischer Treiber, zwei oder drei Elefanten voraus, rief ärgerlich: »Her mit deinem Kala Nag! Er soll dieses Kalb hier zur Vernunft bringen. Warum mußte Petersen Sahib gerade mich mit diesen Reisfeldeseln ins Flachland schicken! Bring dein Tier längsseits, Toomai, damit er den Schlingel hier mit den Stoßzähnen bearbeitet. Bei allen Göttern in den Bergen! … Der Teufel ist in diese neuen Elefanten gefahren, oder sie wittern ihre Kameraden im Dschungel.«

Kala Nag stieß den jungen Elefanten unsanft in die Rippen, und der alte Toomai knurrte: »Pah! Kameraden im Dschungel! Hier in den Hügeln gibt es keine mehr, wir haben alle verjagt oder gefangen. Ihr versteht nur nicht zu treiben. Muß ich denn allein den ganzen Zug in Ordnung halten?«

»Hört nur!«, höhnten die anderen Treiber. »Wir haben die Hügel gesäubert! Ho! Ho! Ihr seid ja mächtig gescheit, ihr Lümmels vom Flachland! Wer seine Nase nur jemals in den Dschungel gesteckt hat, der sollte doch wissen, daß die Elefanten ebensogut merken, wenn die Jagd zu Ende ist, wie wir. Und deshalb werden die wilden Elefanten heute Nacht … aber was soll ich meine Weisheit an diesen Sandhasen aus der Ebene verschwenden?«

»Was … was werden die Elefanten heute Nacht tun?«, fragte der kleine Toomai.

»Ohe! Bist du auch da, Kleiner? Nun gut, ich werde dir's sagen, denn du hast mehr Verstand als die Schildkröten, deine Stammesgenossen. Tanzen werden sie heute Nacht … jawohl, tanzen! Und deshalb sollte dein weiser Vater, der alle Elefanten auf allen Hügeln gefangen hat – er sollte die Tiere an doppelte Ketten legen!«

»Dummes Zeug!«, knurrte der große Toomai. »Vierzig Jahre lang haben wir beide, mein Vater und ich, Elefanten gewartet, und nie haben wir solches Mondscheingeschwätz von Elefantentänzen gehört.«

»Du natürlich nicht, denn so ein Flachlandigel kennt nur die vier Wände seiner elenden Hütte. Nun, von mir aus laß ruhig deine Elefanten ungefesselt heute Nacht, dann wirst du ja sehen. Und von wegen tanzen! Ich habe mit eigenen Augen die Lichtung gesehen … Wie viele Krümmungen hat denn dieser Dihangfluß? Schon wieder eine Furt, und die Kälber müssen hindurchschwimmen. Das Ganze halt, ihr da hinten!«

So vollbrachten sie schwatzend und zankend den ersten Tagesmarsch; und als der Abend kam, schlugen sie flüchtig ein Lager auf.

Dort wurden die Arbeitselefanten an große Pfähle gefesselt, die neuen Tiere noch mit besonders starken Tauen angebunden und alle abgefüttert. Die Treiber von den Hügeln kehrten durch die Abenddämmerung zu Petersen Sahib zurück; sie rieten den Treibern vom Flachland nochmals, in dieser Nacht besonders wachsam zu sein, und lachten nur, als die Flachländer fragten: »Warum?«

Der kleine Toomai saß vor Kala Nag und sah ihm zu, wie er die großen Bündel Gras in den Schlund steckte, bis der Berg vor ihm kleiner und kleiner wurde und zuletzt verschwand.

Dann, als es dunkelte, strich der kleine Toomai durch das Lager, um ein Tam-Tam zu suchen. Wenn einem indischen Kinde das Herz vor Freude überströmt, dann lärmt es nicht und springt herum, sondern setzt sich still irgendwohin und genießt sein Glücksgefühl ganz für sich allein. Und der mächtige Petersen Sahib, der Beschützer der Armen, der Herr der Dschungel, hatte mit dem kleinen Toomai gesprochen! Hätte der Junge nicht gefunden, was er suchte, so wäre ihm vielleicht das Herz gesprungen. Aber der Zuckerbäcker im Lager lieh ihm ein Tam-Tam – eine Trommel, die mit der flachen Hand geschlagen wird. Toomai ließ sich mit gekreuzten Beinen vor Kala Nag nieder, das Tam-Tam im Schoß; und glückselig träumend begann er die Trommel zu schlagen – tanke, tank – tanke, tank – tanke, tank. Die Sterne des nächtlichen Himmels sahen auf ihn herab; und er schlug und schlug, und je mehr er über die große Ehre nachdachte, die ihm widerfahren war, desto lauter hallte sein tanke, tank – tanke, tank – durch die einsame, warme Nacht. Es war keine Melodie – nur ein eintöniges Klingen ohne Worte, dieses Tanketank, und dennoch machte es ihn glücklich.

Die neugefangenen Elefanten zerrten an ihren Seilen, klagten und trompeteten von Zeit zu Zeit. Und der kleine Toomai konnte hören, wie seine Mutter in der nahen Lagerhütte den kleinen Bruder in den Schlaf sang mit einem alten, alten Lied vom großen Gott Schiwa, wie er einst allen Tieren befahl, was sie essen sollten:

Schiw läßt das Korn uns wachsen,
Er läßt die Winde wehn,
Er lebt im tiefen Dschungel,
Doch kann ihn niemand sehn.
Er hat uns all' geschaffen,
Er ist's, der uns erhält,
Es ruht in seinen Händen
Der Dschungel und die Welt.
Dem König gab er die Krone,
Dem Bettler seinen Stab,
Dem Tiger gab er Krallen,
Bald gibt er uns ein Grab.
Und meinem kleinen Kinde
Gab Schönheit er und Mut,
Zwei rosenrote Lippen,
Zwei Äuglein voller Glut.
Gab Kraft ihm in den Händen …
Schlaf ein, mein Sohn, schlaf ein,
Bald wirst du im Dschungel
Ein kühner Jäger sein! –

Der kleine Toomai ließ hinter jedem Verse ein freudiges Tanketank erschallen, bis er müde war, sich neben Kala Nag ausstreckte und einschlief.

Schließlich kamen auch die Elefanten zur Ruhe und legten sich einer nach dem anderen nieder, bis Kala Nag am rechten Flügel der Reihe allein noch aufrecht stand, sich langsam von einer Seite zur anderen wiegte, die riesigen Lauscher vorgestellt, um auf den Nachtwind zu hören, der leise wehend von den Hügeln herabstrich. Die Luft war erfüllt von den seltsamen Geräuschen der Nacht, die zusammengenommen ein einziges großes Schweigen ergaben – das leichte Aneinanderschlagen des Bambusrohrs, das Rascheln nächtlicher Räuber im Gebüsch, das Flattern und Piepen eines halbwachen Vogels und von weit her das Rauschen fallender Wasser.

Der kleine Toomai hatte eine Weile geschlafen; als er erwachte, war heller Mondschein, und Kala Nag stand noch immer aufrecht, mit hochgestellten Lauschern. Der Kleine legte sich auf den Rücken und betrachtete träumerisch die schwarze Gestalt, die sich riesengroß gegen den Sternenhimmel abhob.

So verharrte der Knabe träumend; da hörte er auf einmal weit weg, so weit, daß es nur wie ein leises Echo die Stille unterbrach, das »Huut-tuut« eines wilden Elefanten.

Das Schweigen der Nacht war wie durch einen Zauber gebrochen. Alle die Elefanten in der Reihe sprangen hoch, als brenne der Boden unter ihnen; und ihr Kollern weckte die schlafenden Mahouts. Sie kamen herbei, trieben mit großen Hämmern die Pflöcke tiefer in die Erde, zogen die Ketten an, knüpften die Seile fester, bis alles wieder ruhig war. Ein junger wilder Elefantenbulle hatte seinen Pflock ausgerissen; so nahm der große Toomai Kala Nags Kette und fesselte den einen Hinterfuß Kalas an den Vorderfuß des Wildings. Dann wand er um Kala Nags Füße noch ein Strohseil und schärfte ihm ein, nicht zu vergessen, daß er fest angebunden sei – wie es Toomai selbst, wie auch sein Vater und Großvater schon hundertmal zuvor getan hatten. Kala Nag nahm den Befehl stillschweigend hin, ohne zu kollern, wie er es sonst tat. Reglos stand er, den Kopf leicht erhoben, die Ohren wie Fächer ausgebreitet und starrte durch das Mondlicht nach den waldigen Hängen der Garo-Berge hinüber.

»Paß gut auf, wenn er unruhig werden sollte«, sagte der große Toomai zum kleinen Toomai und legte sich dann wieder in seine Hütte schlafen. Auch der kleine Toomai war gerade wieder im Einschlafen; da hörte er plötzlich, wie mit einem kurzen, scharfen »Päng« das Halteseil riß und Kala Nag aus den Pfählen heraustrollte, ruhig und lautlos, wie Wolken zu Tal ziehen. Der kleine Toomai lief ihm nach, barfuß über den steinigen Weg, und rief mit verhaltenem Atem: »Kala Nag! Kala Nag! Nimm mich mit – bitte, Kala Nag.«

Der Elefant wandte sich um, ging zwei, drei Schritte zurück, steckte den Rüssel aus und hob den Knaben auf seinen Rücken. Kaum hatte sich Toomai festgeklammert, als schon das Dschungeldickicht über ihnen zusammenschlug.

Ein letzter wütender Trompetenstoß ertönte aus den Reihen der angepflockten Elefanten; dann verschlang das Schweigen des Waldes jedes Geräusch, und Kala Nag setzte sich in Fahrt. Hohe Grasbüschel rauschten an seinen Flanken, wie Wellen am Schiff entlanggleiten; die Ranken der Schlingpflanzen strichen über seinen Rücken, oder Bambusstämme brachen knackend, wenn er mit den Schultern dagegenstieß. Völlig lautlos aber, fast wie ein Nebellied, zog Kala Nag durch den Garo-Wald in stetiger Gangart dahin. Es ging bergauf; doch der kleine Toomai suchte vergeblich die eingeschlagene Richtung nach dem Sternenbild zu bestimmen, das schummerig über den Bäumen stand.

Dann erreichte Kala Nag den Kamm der Hügelkette und verweilte einen Augenblick. Der kleine Toomai sah die Baumwipfel meilen- und meilenweit in flutendem Mondlicht liegen und den bläulich-weißen Dunst, der über dem Fluß im Tal lagerte. Er beugte sich vor, um Ausschau zu halten, und er fühlte, wie der Wald unter ihm voll drängenden Lebens war. Eine große braune Fledermaus strich an seinem Ohr vorbei, im Dickicht raschelte ein Stachelschwein, und im Dunkel zwischen den Baumstämmen hörte er einen

Bären eifrig in dem feuchten warmen Boden wühlen und schnaufen.

Weiter zog der Elefant, und über Toomai schlugen wieder die Äste zusammen. Kala Nag wandte sich nun bergab, aber nicht lautlos jetzt, sondern in stürmischer Fahrt wie ein polterndes Ungewitter. Die ungeheuren Beine bewegten sich gleichmäßig und regelmäßig, wie Kolben einer Maschine – drei Ellen legten sie mit jedem Schritt zurück –, und an den Gelenken schabte schürfig die borkige Haut. Das dichte Unterholz vor ihm zerriß wie platzende Leinwand; die jungen Bäume rechts und links bogen sich zur Seite und peitschten zurückschlagend seine Flanken; die harten Ranken der Schlingpflanzen hingen in dichtem Gewirr an den wegbahnenden Hauern, während der schwere Schädel unaufhaltsam vorstieß und sich den Pfad durch den Urwald pflügte. Da schmiegte sich der kleine Toomai dicht in die breiten Falten des Nackens, um nicht von den vorbeistreifenden Ästen heruntergefegt zu werden; und er wünschte sich in die Geborgenheit des friedlichen Lagers zurück.

Der Boden begann sumpfig zu werden. Kala Nags Tritte saugten und patschten bei jedem Schritt, und der kalte Nebel im Grunde des Tals durchkältete den kleinen Toomai. Dann vernahm er ganz in der Nähe das Fließen von Wasser, und Kala Nag watete nun durch ein Flußbett, bei jedem Schritt vorsichtig den Grund ertastend. Durch das Rauschen und Wirbeln des Wassers hörte nun Toomai von überall her, stromauf und stromab, zahlloses Platschen und Plumpsen, dumpfes Brummen und ärgerliches Kollern; und der ganze Nebel ringsum schien erfüllt von dunklen, schwankenden Schatten.

»Ai!«, rief er, vor Frost mit den Zähnen klappernd. »Die Elefantenvölker sind alle unterwegs. Dann also ist heute Nacht der Tanz.«

Kala Nag entstieg triefend dem Flußbett, blies sich den Rüssel klar und begann wieder bergan zu steigen. Aber nun war er nicht mehr allein und brauchte sich nicht den Weg zu bahnen. Den Hügel hinan führte ein frisch getretener Pfad, sechs Fuß breit, auf dessen Boden das niedergedrückte Gras sich wieder aufzurichten strebte. Zahlreiche Elefanten mußten noch vor wenigen Minuten hier durchgewechselt sein. Als Toomai sich umblickte, sah er, wie ein riesiger wilder Elefantenbulle, dessen kleine Augen wie glühende Kohlen leuchteten, eben aus dem Dunst des Flusses auftauchte. Dann versperrten wieder Bäume die Sicht. Weiter ging's, immer bergan, und überall ertönte erregtes Trompeten, Stampfen und Krachen brechender Äste. Auf der Gipfelhöhe angekommen, machte Kala Nag zwischen zwei Baumstämmen halt. Sie standen am Rand einer unregelmäßig kreisförmigen Lichtung, etwa vier bis fünf Morgen groß, deren Boden so festgetrampelt war wie eine Tenne. In der Mitte der Lichtung erhoben sich ein paar mächtige Bäume, doch ihre Rinde war abgeschabt, wie der kleine Toomai bemerkte, und das blanke Holz glänzte im Mondschein. Von den oberen Ästen hingen grüne Schlinggewächse herab mit großen wächsernen Blüten, deren Kelche im Schlaf geschlossen waren. Sonst aber war auf der ganzen Lichtung weder Grün noch Grashalm – nur festgestampfte Erde.

Das Mondlicht übergoß die harte Fläche mit eisengrauem Schimmer; nur die Schatten weniger Elefanten hoben sich kohlschwarz ab. Der kleine Toomai schaute, bis die großen Augen ihm fast aus dem Kopfe traten, und wie er sich nach allen Seiten drehte, traten mehr und mehr und immer mehr schwarze Gestalten aus der Nacht in die Lichtung. Der kleine Toomai konnte nur bis zehn zählen, und er zählte und zählte an seinen Fingern, bis ihm der Kopf schwindelte. Vom Walde her drang das Geräusch der Elefanten, die sich durch das Unterholz den Weg brachen, aber sobald sie erst in der Lichtung waren, bewegten sie sich lautlos wie Geister. Große, wilde Bullen waren da mit lang hervorragenden Stoßzähnen und mit Schlingpflanzen und stacheligen Zweigen in den Hautfalten; fette Weibchen, unter deren Bäuchen kleine, drei oder vier Fuß hohe Kälber umhersprangen; junge Burschen, die sehr stolz auf ihre eben hervorbrechenden Stoßzähne zu sein schienen. Ältliche Jungfern kamen zum Tanz, mit schmalen, hohlen, vergrämten Gesichtern; Kampfbullen im Schmuck ihrer zahllosen Narben; zuletzt wechselte ein gewaltiger Einzelgänger in die Lichtung mit zersplittertem Stoßzahn und dem furchtbaren Riß der Tigerpranke auf altersgrauer Flanke.

Dicht gedrängt standen sie oder wanderten in Gruppen auf und ab über die Lichtung; Einzelgänger hielten sich abseits und wiegten sich bedächtig hin und her – Elefanten, Elefanten und nochmals Elefanten.

Toomai wußte, ihm würde nichts geschehen, solange er still auf Kala Nags Rücken lag. Denn selbst in dem Aufruhr des Keddahtreibens lassen die wilden Elefanten die Männer auf den Nacken der zahmen Tiere unbehelligt; und die Dickhäuter hier dachten in dieser Nacht nicht an den Menschen. Nur einmal stutzten sie und stellten die Ohren hoch, denn durch den Wald klang das Geklirr eiserner Fußfesseln – aber es war Pudmini, Petersen Sahibs Lieblingstier, das mit gerissener Kette schnaubend und kollernd den Berg heraufwuchtete. Klein Toomai bemerkte noch einen dritten zahmen Elefanten mit tiefen Seilstriemen auf Rücken und Brust; auch er war wohl aus einem Lager in der Nähe ausgebrochen.

Endlich legte sich wieder Schweigen über den Dschungel, und kein Geräusch sich nähernder Elefanten war mehr zu hören. Nun verließ Kala Nag seinen Posten zwischen den Bäumen und schaukelte grunzend und schnarrend mitten in das Gedränge hinein; und alle Elefanten begannen in ihrer Sprache miteinander zu reden und umherzustapfen.

Toomai sah sich nun in einem Meer breiter grauer Rücken, fächelnder Ohren, schnaubender Rüssel und kleiner rollender Augen. Er hörte das helle Gegeneinanderschlagen der Stoßzähne, das rauhe Rascheln liebend verschlungener Rüssel, das Aneinanderschürfen mächtiger Schultern und Flanken und das unaufhörliche zischende Fuchteln der großen Wedel. Dann verdeckte eine Wolke den Mond, und um ihn war schwarze Nacht; aber das dumpfe Stoßen, Stampfen und Kollern nahm zu. Toomai wußte, daß Kala Nag tief im Getümmel der wilden Kolosse steckte und daß es keine Möglichkeit gab, aus der Versammlung zu entfliehen; so biß er die Zähne zusammen. Er schauderte. In der Keddah war wenigstens Fackellicht und das Rufen menschlicher Stimmen; hier aber war er ganz allein in der Finsternis, und einmal sogar schob sich ein Rüssel hoch und tastete an seinem Knie.

Dann stieß ein Elefant einen hellen Trompetenstoß aus; alle anderen fielen ein, und mehrere Sekunden lang tobte ein wahrer Höllenlärm. Der Ton sprühte wie Regen von den Bäumen auf unsichtbare Rücken, und ein dumpf tosendes Geräusch setzte ein, dessen Ursprung sich der kleine Toomai nicht zu erklären vermochte. Anfangs war dieses Geräusch nicht sehr laut, dann aber wuchs und wuchs es an, und Kala Nag hob einen Vorderfuß nach dem anderen und wuchtete ihn wieder auf den Boden – eins – zwei, eins – zwei – stetig wie ein Dampfhammer. Nun stampften und stampften alle zusammen, und es dröhnte wie dumpfer Trommelwirbel vor einer Höhle. Der Boden zitterte und wankte, das Wuchten und Rumpeln wurde immer lauter; und der kleine Toomai hielt sich die Ohren zu, weil das Dröhnen übermächtig wurde. Vergebens – der Taktschlag einer Urgewalt durchzitterte seinen ganzen Körper, dieses Stampfen der Hunderte von Elefantentritten auf der harten Erde. Manchmal fühlte er, wie Kala Nag und die anderen einige Schritte vorwuchteten, und das Stampfen ging über in weiches Trampeln auf zerquetschtem grünem Gesträuch und Gestrüpp, aber wenige Minuten später erklang wieder das dumpfe Donnern auf hartem Boden. Ein Baum knarrte und ächzte ganz in der Nähe. Der

Kleine streckte die Hand aus und konnte die Rinde fühlen, aber nicht sehen, wo er war in der Lichtung, denn Kala Nag schritt stetig stampfend vorwärts. Keinen Laut gaben die Elefanten von sich; nur einmal quiekten zwei oder drei Kälber selig auf. Man hörte einen dumpfen Stoß und ein Schürfen von Haut; dann begann das regelmäßige Stampfen von neuem. Es mochte zwei Stunden gedauert haben, vielleicht mehr, vielleicht weniger; der kleine Toomai war wie zerschlagen am ganzen Körper, aber er spürte in der Luft, daß der Morgen nahte.

Fahlgelbe Dämmerung tauchte über den grünen Hügeln auf; und beim ersten Schein des Lichts verstummte das Stampfen wie auf ein Kommando. Noch bevor der Klang in seinen Ohren verhallt war – bevor er noch Zeit hatte, sich erstaunt umzudrehen –, sah der kleine Toomai keinen anderen Elefanten mehr als Kala Nag, Pudmini und den fremden Gesellen mit den Seilfetzen. Weder ein Rauschen noch sonst ein Laut oder Zeichen verkündete, wohin all die schwarzen Gestalten verschwunden waren. Der Knabe starrte verwundert auf die gähnende Fläche; diese schien größer geworden zu sein über Nacht. Mehr Bäume ragten inmitten der Lichtung, doch am Rande war alles Gesträuch und Dschungelgras wie weggewischt. Die Elefanten hatten die Fläche erweitert – hatten Unterholz und saftiges Rohr zu Brei getreten, den Brei zu zäher Masse gepreßt und diese wiederum zu steinharter Erde verstampft.

»Wah!«, sagte der kleine Toomai und rieb sich die müden Augen. »Kala Nag, Fürst, wir wollen uns an Pudmini halten und ihr zum Lager des Sahibs folgen, sonst falle ich dir noch vom Nacken.« Der fremde Elefant sah den beiden abziehenden Dickhäutern nach; er schnarchte laut, drehte sich um und nahm seinen Weg in entgegengesetzter Richtung. Vielleicht gehörte er irgendeinem der kleinen einheimischen Fürsten, fünfzig oder hundert Meilen entfernt.

Als Petersen Sahib zwei Stunden später beim Frühstück saß, begannen seine Elefanten, die während der Nacht mit doppelten Seilen gefesselt waren, laut zu trompeten. Pudmini und Kala Nag hinkten lahm und schmutzbedeckt in das Lager. Das Gesicht des kleinen Toomai war grau und eingefallen; das schwarze Haar, voller Blätter, hing ihm in nassen Strähnen um den Kopf. Dann versuchte er, vor Petersen Sahib eine tiefe Verbeugung zu machen und rief mit ermattender Stimme: »Der Tanz … der Elefantentanz! Ich habe ihn gesehen … und – nun – muß ich sterben.« Als Kala Nag niederkniete, glitt der Knabe bewußtlos vom Nacken des Elefanten.

Indische Kinder wissen nicht, was Nerven sind. Kurze Zeit darauf lag der kleine Toomai überglücklich in Petersen Sahibs Hängematte, mit dem so oft ehrfurchtsvoll angestaunten Mantel unter dem Kopf und mit einem Glas warmer Milch, in die ein wenig Kognak und Chinin gemischt war, im Magen. Vor ihm saß der mächtige Mann, Petersen Sahib, dahinter standen dicht gedrängt die alten, langhaarigen, narbenbedeckten Dschungeljäger und starrten den Knaben an wie ein Gespenst, indes dieser seine Geschichte erzählte, unbeholfen, schlicht wie ein Kind.

»Wenn ich auch nur mit einem Wort lüge«, schloß er, »so sendet die Treiber aus, und sie werden sehen, daß die Elefanten ihren Ballsaal ringsum vergrößert haben … sie werden zehn und noch einmal zehn und viele Male zehn Fährten finden, die zu dem Ballsaale führen. Ja, sie haben den Boden mit ihren Füßen zurechtgestampft. Ich selbst habe es mit angeschaut. Kala Nag nahm mich mit, und ich sah es mit meinen eigenen Augen. Und Kala Nag ist nun auch sehr, sehr müde.«

Der kleine Toomai fiel erschöpft in seine Matte zurück und schlief den ganzen Tag, während der Sahib mit Machua Appa den Spuren der beiden Elefanten fünfzehn Meilen über die Hügel folgte. Petersen Sahib hatte achtzehn Jahre lang mit dem Fange von Elefanten zugebracht, aber nur einmal ihren

Tanzplatz zu Gesicht bekommen. Machua Appa brauchte die Lichtung nicht zweimal betrachten, um zu wissen, was hier vorgegangen war.

»Der Knabe spricht die Wahrheit«, sagte er. »Alles dies ist während der letzten Nacht geschehen, und ich konnte mehr als siebzig Fährten zählen, die durch den Fluß führen. – Schau dorthin, Sahib – da siehst du die Spur, wo Pudminis Fußeisen in die Baumrinde einschnitt. Ja! sie war auch dabei.«

Sie sahen auf die Erde und auf die Bäume und starrten sich gegenseitig in stummer Verwunderung an – ja! Menschen vermögen nicht, die Wege der Elefanten zu ergründen, der weisesten aller Geschöpfe!

»Vierundvierzig Jahre lang bin ich meinem Gebieter, dem Elefanten, durch den Dschungel gefolgt«, sagte Machua Appa, »aber nie und nimmer habe ich gehört, daß ein Mensch je vorher gesehen hat, was dieses Kind in der vergangenen Nacht sah. Bei allen Göttern der Berge, es ist – ja, es ist ... was soll ich sagen?«

Und er schüttelte sein Haupt.

Als sie zum Lager zurückkehrten, war es Zeit zum Abendessen. Petersen Sahib nahm sein Mahl allein in seinem Zelte, aber er gab Befehl, daß man den Leuten zwei Schafe und einige Hühner zum Schmause geben solle und außerdem eine doppelte Ration von Mehl, Reis und Salz, denn er wußte, daß man ein Fest feiern werde. Der große Toomai war herbeigekommen, um nach seinem Sohne und dem Elefanten zu suchen, und jetzt, nachdem er sie gefunden hatte, glotzte er sie an, als fürchte er sich vor ihnen beiden.

Das Fest wurde bereitet; die Lagerfeuer leuchteten vor der langen Reihe der Elefanten, die an ihren Ketten zerrten, und der kleine Toomai war der Held von all den Herrlichkeiten. Die großen, braunen Elefantenjäger, die Fährtenfinder, Treiber und Bändiger – alle diese Leute, die ihr Leben damit verbrachten, dem wilden Elefanten seine Geheimnisse abzulauschen und ihm nachzustellen, sie reichten den kleinen Toomai von Arm zu Arm und besprengten seine Stirn mit dem Blute eines frisch geschossenen Dschungelhahnes als Zeichen, daß er nun ein Jäger sei, der im wilden, weiten Dschungel volles Bürgerrecht habe. Und als zuletzt die Feuer niedergebrannt waren und mit ihren glühenden Holzstößen purpurrotes Licht auf die Elefanten warfen, als habe man auch sie mit Blut begossen, da sprang Machua Appa auf – Machua Appa, der Vormann der Treiber aller Keddahs – Machua Appa, die rechte Hand des großen Sahibs, sein Stellvertreter, der seit vierzig Jahren keine von Menschenhänden gebaute Straße gesehen hatte – Machua Appa, der so groß war, daß er keinen anderen Namen hatte als eben Machua Appa –, er sprang auf die Füße, hielt den kleinen Toomai hoch über seinen Kopf in die Luft und rief, daß es durch das Lager dröhnte: »Hört mich an, Brüder! Auch ihr, hört meine Stimme, ihr Herren dort an den Pfählen, denn ich spreche, ich, Machua Appa. Dieser Knabe hier soll hinfort nicht mehr ›der kleine Toomai‹ genannt werden, sondern ›Toomai, der Liebling der Elefanten‹, wie sein Urgroßvater vor ihm genannt wurde. Was keinem andern Menschen vergönnt war, zu sehen, er hat es während der ganzen langen Nacht mit angeschaut, denn er ist der Liebling der Elefanten und der Götter des Dschungels. Er soll ein großer Pfadfinder werden – er soll sogar größer werden als ich, Machua Appa! Er soll der frischen Spur folgen und der alten Spur – er soll die gemischten Spuren unterscheiden können mit dem Auge des Falken. Ihm soll kein Leid widerfahren, wenn er in der Keddah unter den Bäuchen der Elefanten umherrennt, und fällt er auf der Jagd zu Boden, so soll sich der wilde Bullelefant verneigen und soll ihn nicht berühren. Aihai! Ihr Herren an den Ketten!« Und er schritt die Reihe der gemächlich sich wiegenden grauen Gestalten ab. – »Aihai! Hier ist der Kleine, der euch bei euren Geheimnissen belauscht hat, der euch bei eurem Tanze gesehen hat – der erblickte, was ihr den Menschen sonst neidisch verbergt! Erweist ihm Ehre, meine Gebieter! Salaam Karo, meine Kinder! Grüßt Toomai, euren Liebling, in eurer eigenen Weise! Gunga Pershad, ahaa! Hira Guj, Birchi Guj, Kutta Guj, ahaa! Pudmini, du hast ihn beim Tanz gesehen, und auch du, Kala Nag, du Perle unter den Elefanten. Ahaa! Alle zusammen! Heil unserem Toomai, dem Liebling der Elefanten! Barrao!«

Und bei diesem letzten wilden Schrei warf die ganze Reihe der Elefanten den Rüssel in die Höhe, bis die Spitze über dem Kopf schwebte, und sie alle brachen aus in das laute Huldigungsgeschrei, den schmetternden Trompetenruf, den sonst nur der Vizekönig von Indien hört – das Salaamut der Keddah.

Und das alles geschah zu Ehren des kleinen Toomai, der geschaut hatte, was nie vorher einem Menschen zu sehen vergönnt war: den Tanz der Elefanten mitten in der Nacht und tief im Herzen der Garo-Berge! –

Schiwa und die Heuschrecke

Der Sang, den Toomais Mutter ihrem Söhnlein sang
Schiw, der uns die Ernte gab und den Wind schuf weit und breit,
Saß am Tor des Jüngsten Tags – oh! vor langer, langer Zeit! –
Jedem händigt er sein Teil, Nahrung, Arbeit, Freud und Leid,
Und das Schicksal, das er schon einem jeden auserkor,
Gab's dem König auf dem Thron und dem Bettler vor dem Tor.
Also schuf er jedes Ding, Schiw, der Allerhalter,
Mahadeo! Mahadeo! Schiw, der Allgestalter!
Dornenbusch für das Kamel, schuf das Gras dem Rinde,
Schuf das treue Mutterherz meinem kleinen Kinde!
Weizen schuf dem Reichen Schiw, Hirse für den Armen,
Für den heiligen Bettelmann Krumen und Erbarmen,
Beute gab dem Tiger Schiw, gab dem Geier Leichen,
Knochen gab den Wölfen Schiw, die das Dorf umschleichen.
Keiner war dem Gott zu klein, keiner zu erhaben,
Und er teilte sorgsam ein des Geschickes Gaben.
Doch Parbati, Schiwas Weib, sah die Wesen alle,
Legt dem Gatten voller List forschend eine Falle.
Wollte ein ganz kleines Ding unbemerkt verstecken,
Um den großen Geber Schiw zweifelsvoll zu necken.
Und sie stahl ein Heuschrecklein, barg es dicht am Herzen,
Also wollte sie mit Schiw, dem Erhalter, scherzen.
Mahadeo! Mahadeo! Söhnlein, schau umher!
Groß sind die Kamele, und das Rind ist schwer!
Doch von allen Dingen, die im Dschungel sind,
Nahm sie sich das kleinste, du mein kleines Kind!
Als der Streich gelungen, sprach sie halb voll Hohn:
»Herr, du hast gefüttert eine Million!

Doch du ließest einen, scheint mir, außer acht!« –
Schiw erwidert lächelnd: »Alle sind bedacht!
– Auch dem kleinen Wesen, das du mir versteckt,
Hab ich, Schiw, der Geber, seinen Tisch gedeckt!« –
Als Parbati staunend ihre Beute schaut,
Hat an einem Blatte froh das Tier gekaut,
Frisch war es gewachsen!… Und Parbati graut!
Wundert sich und preiset Schiw, den Herrn der Welt,
Der die Wesen alle füttert und erhält!
… Schiwa schuf ein jedes Ding, Schiw, der Allerhalter,
Mahadeo! Mahadeo! Schiw, der Allgestalter!
Dornenbusch für das Kamel, schuf das Gras dem Rinde,
Und das treue Mutterherz schuf er meinem Kinde!